孩子愛讀的漫畫中國經典

神話故事

幼獅文化　編繪

園丁文化

前言

看漫畫、讀故事、品經典
妙趣橫生的閱讀之旅

　　泱泱大中華，悠悠五千年。在漫長的歷史長河中，我們的祖先積累了豐富的知識和智慧，形成了源遠流長的中華傳統文化。

　　中華傳統文化包羅萬象，就像一座瑰麗的寶庫，而一個個耳熟能詳的中國經典故事，如嫦娥奔月、梁山伯與祝英台、孔融讓梨、花木蘭代父從軍、劉備三顧茅廬……就是這座寶庫中的一顆顆璀璨的明珠。

　　中國經典故事滋養了一代又一代的中華兒女，孩子們應該讀一讀這些經典故事，從小接觸優秀中華傳統文化，學習豐富的文史知識，學會明辨是非、通達事理，體會中華民族勤勞勇敢、自強不息的民族精神，在潛移默化中獲得成長的力量。

為此，我們根據孩子喜歡讀故事，也喜歡看漫畫的特點，編繪了這套《孩子愛讀的漫畫中國經典》叢書。我們首先精選出一批妙趣橫生又適合孩子閱讀的中國經典故事，如優美動人的神話故事、曲折離奇的民間故事、精彩有趣的古詩詞故事、啟人心智的《三字經》和《弟子規》故事等，再將它們改編成中國傳統連環圖的形式，配上簡潔流暢、親切有趣的文字和造型生動、表情可愛的漫圖人物，使其既富有中國韻味，又貼合孩子的閱讀特點，讓遙遠的經典故事變得可親、可讀、可感、可賞，帶領孩子展開一次奇妙的閱讀之旅。

　　與經典同行，和漫畫共舞，讓傳統文化的魅力歷久彌新。希望本叢書能帶給孩子們全新的閱讀體驗，願他們在妙趣橫生的閱讀中與傳統文化碰撞出智慧的火花。

*給家長的話：本系列的故事已流傳千年以上，故事情節還原當時神話傳說內容及社會風俗習慣，與現今社會情況有一定差距。如有需要，家長可陪同孩子閱讀。

目錄

盤古開天地 7

女媧造人 11

女媧補天 15

夸父追日 19

伏羲的誕生 22

伏羲爬天梯 25

燧人氏鑽木取火 29

廩君與鹽水女神 34

炎帝的傳說 40

神農嘗百草 43

精衞填海 47

黃帝戰蚩尤 50

巨人刑天 55

蠶神 59

黃帝失玄珠 65

倉頡造字 71

百鳥之王少昊 75

顓頊的故事 79

龍伯釣鰲 82

共工怒觸不周山 87

神犬盤瓠 91

雷公電母 97

后羿射日 101

嫦娥奔月 107

后羿和宓妃 …………… 113

仁厚的舜帝 …………… 117

湘水女神 …………… 123

丹朱化鳥 …………… 127

鯀化黃龍 …………… 132

大禹治水 …………… 136

禹化熊開山 …………… 140

神女瑤姬 …………… 144

巨人防風氏 …………… 148

貫胸國 …………… 152

玄鳥生商 …………… 155

伊尹的傳說 …………… 159

長壽的彭祖 …………… 164

棄嬰后稷 …………… 169

望帝化鵑 …………… 174

風姑娘 …………… 177

洪水滔天 …………… 181

救太陽 …………… 186

神話故事

盤古開天地

傳說盤古開闢了天地，死後身體化成了自然萬物。

1 很多很多年以前，天和地是合在一起的，整個宇宙黑暗混沌，就像一個大雞蛋。

2 在這個「雞蛋」裏面，孕育着一個巨人，他就是盤古。盤古在「雞蛋」裏呼呼大睡，一直睡了一萬八千年。

3 有一天，盤古突然醒過來了。他睜開眼一看，發現眼前是漆黑一片，四周什麼都看不見。

4 盤古感覺悶得發慌，就拿起一把大斧頭，朝眼前的黑暗混沌劈了過去。

5 只聽得砰的一聲，「雞蛋」破裂開來，有些輕而清的東西緩緩升起，變成了天；那些重而濁的東西慢慢下沉，變成了地。

6 盤古見天和地的某些地方還黏連着，又找來一把鑿子，左手拿鑿，右手拿斧，這裏鑿鑿那裏砍砍，不久就把天和地完全分開了。

7 不過，盤古擔心天和地會再次合攏起來。於是，他腳踩着大地，手頂着天空，站在天地之間撐着。

9 又過了不知道多少年，天和地已經分開得足夠遠，再也不會合攏了。這時，極度勞累的盤古才慢慢倒下來，死去了。

8 天每日升高一丈，盤古每日也長高一丈。就這樣，過了一萬八千年，天變得極高，盤古也變得極高了。

10 盤古臨死的時候，身體發生了很大的變化。他口中呼出的氣變成了風和雲，他的聲音變成了雷。

11 他的左眼變成了太陽，右眼變成了月亮，頭髮和鬍鬚變成了星星。

12 他的四肢和軀幹變成了地上的山脈，血液變成了江河，筋脈變成了道路，肌肉變成了田土。

13 他的牙齒、骨頭變成了珠寶、玉石，皮膚和汗毛變成了花草樹木，汗水變成了雨露。

14 他的魂魄變成了蟲魚鳥獸。就這樣，盤古用他的整個身體化成了我們這個美麗豐富的世界。

女媧造人

相傳，最初世間並沒有人類。一位叫女媧的天神按照自己的樣子，創造了人。

1 盤古開天闢地以後，天地間有了山川草木、蟲魚鳥獸，但那時還沒有人類，整個世界顯得有些冷清。。

2 後來，出現了一位叫女媧的天神。她被這世間的美景所吸引，四處暢遊。可是，這種遊玩之樂無人可訴說，她感到十分孤獨。

3 這天，她覺得累了，坐在河邊休息，澄澈的河水映照出她的身影和面容。她一笑，倒影也跟着笑；她皺眉，倒影也朝着她皺眉。

4 女媧想：這世間若有像我一樣的生物，不就更有生氣了嗎？想到這兒，她挖了些泥土，照着自己的影子，揑了一個小東西。

5 她把這個小東西托在手心，對着他輕輕吹了一口氣。奇跡發生了，這個小東西竟然活了！他睜開眼睛，朝女媧揮手喊「媽媽」。

6 女媧把他放在地上，他便歡快地唱起歌、跳起舞來。女媧滿心歡喜，把這個小東西叫作「人」。

7 女媧想造出更多的人，讓他們的足跡遍布世間，這樣到處都會充滿歡聲笑語。所以，她從早到晚不停地揑泥人。

8 一天，女媧覺得太疲憊了，便走到一座山崖下休息。看到山崖上長滿了藤蔓，她靈機一動，想到了一個造人的絕妙辦法。

9 她用力扯下一根藤蔓，然後將它浸入河灘的泥漿中，再提起來向地面一揮。

10 藤蔓上的泥點一落地，瞬間就變成了一個個小泥人。女媧不停地向他們吹氣，小泥人就全都有了生命，開始四處走動。

11 這些人越走越遠，散布到了世間的各個角落。自此，無論女媧走到哪裏，總有人圍著她喊「媽媽」，這讓她感到無比幸福。

12 一天，女媧看到一羣人圍在一起哭哭啼啼的，心裏覺得奇怪，便走過去看個究竟。

13 原來是他們當中有個人死了。女媧見了，也忍不住傷心落淚。她這才意識到，人的壽命是有限的。

14 為使人類代代相傳，女媧將人分成了男人和女人，讓男人和女人結成伴侶，相親相愛，共同生育後代

15 從此以後，人們在大地上生存繁衍，一代又一代，一直到今天。

女媧補天

女媧造人後不知過了多少年，天空突然崩塌了，給世界帶來了巨大的災難。

1 自女媧創造了人，世間一片和諧，到處充滿歡聲笑語。人們日出而作，日落而息，過着幸福美滿的生活。

2 天傍晚，忙碌了一天的人們回到山洞裏休息。天黑後，他們漸漸地進入了夢鄉。

3 忽然，外面傳來一陣震耳欲聾的聲音，驚醒了熟睡中的人們。大家跑到洞外一看，發現半邊天空崩塌下來，露出了個大窟窿！

4 天空崩塌下來後，把地面震開許多裂縫，洪水不斷從中噴湧而出。人們驚叫着往高處逃，許多來不及逃的都被洪水捲走了。

5 森林中的猛獸也被這突如其來的變故嚇得四處逃竄，不斷有人被這些猛獸所傷。女媧見人類遭受這樣的劫難，心痛極了。

6 女媧想馬上把天補好，於是她在大江大河中撿取了許多五色石。

7 女媧在一座山的山頂上用蘆葦燃起大火，將五色石盛在一個缽子裏，放在火上熔煉。不久，五色石熔化成了黏糊糊的石漿。

8 女媧用這些石漿去補天上的窟窿。她不停地補啊補，補了九天九夜，才終於把天補好。

9 她怕補好的天空不夠牢固，還殺了一隻巨鼇（粵音熬），把牠的四隻腳立起來做撐天的柱子。

10 女媧看見洪水還在不斷地湧出來，便把蘆葦燃燒後留下的灰收集起來，倒入大地的縫隙中。不一會兒，地縫就被填塞住了。

11 這時，各種猛獸還在四處危害百姓。女媧為了震懾牠們，殺了牠們當中最兇猛的一條巨龍。

12 其他野獸見了，都嚇得逃到了遠離人類的森林裏。看到野獸離去，大家都高興得手舞足蹈。

13 一切恢復平靜後，人類開始重新建造自己的家園。女媧看到人類恢復了正常的生活，感到無比欣慰。

14 可是，女媧為人類做了那麼多事情後，實在是太累了。她面帶微笑地看了這個世界最後一眼，就躺在地上睡去了。

15 有人說，女媧並沒有死去，而是乘着鳳凰去了天上。在那裏，她的心依然時刻牽掛着生活在地上的人們。

夸父追日

從前有一個叫夸父的巨人，他想抓住天上的太陽，讓它按照自己的意願升降。

1 上古時候，在北方的一座大山中，生活着一個部落。部落中的族人個個都是身材高大的巨人，力大無窮。

2 首領夸父的耳朵上總是掛着兩條蛇，有時手裏還提着兩條大蛇。他不但勇猛，還很有才幹，族人都十分敬重他。

3 那時候，人們白天尋找食物，夜晚休息，日子過得充實而快樂。可是，隨着部落裏的人越來越多，食物漸漸不夠吃了。

4 夸父左思右想，想到了一個法子：抓住太陽，讓它晚點下山，這樣夜晚就能遲點到來，族人也就有充裕的時間去尋找食物了。

5 想到這兒，他抬頭看了看天空，見太陽就在不遠處，而且正在逐漸西移，便邁開長腿，往太陽的方向追去。

6 夸父跑得像一陣風那麼快，但他追了一千多里，還是沒能追上太陽。漸漸地，他覺得有些吃力，便拄着拐杖繼續追。

7 好不容易追到太陽落下的地方，太陽就在夸父伸手可及之處，可他被太陽烤得渾身大汗，像着火般難受。

8 夸父又熱又渴，只得暫時放棄追捕太陽，去找水喝。不一會兒，黃河、渭河這兩條河的水就被他咕咚咕咚地喝乾了。

9 可是，他還覺得渴，他想起北方有個大湖，就決定去那裏喝個痛快。可他太累了，還沒走到那裏就支撐不住，一頭栽倒在地。

10 在夸父倒下的地方，漸漸地聳立起一座高山。後來，這座山被稱作夸父山。

11 而夸父手中的那根拐杖掉落的地方，慢慢地長成了一片茂密的桃林。每年夏天，樹上都會掛滿鮮甜多汁的桃子。

伏羲*的誕生

華胥（粵音需）國的雷河水患不斷，一位叫華胥的姑娘為了百姓的安危，做了一個艱難的決定。

*羲，粵音希

1 西北方有一個華胥國，國內的百姓聚居在雷河兩岸。雷河發源於一個名叫雷澤的湖泊，雷神就居住在那裏。。

2 雷神喜怒無常，只要一發脾氣，雷河就會掀起巨浪。有一年，雷神暴怒，雷河水就像猛獸一般撲向兩岸，沖毀了百姓的家園。

3 大水過後，到處是淒涼的景象。一位叫華胥的姑娘看到這一切，非常憤怒。她不顧父母和鄉親們的阻攔，去找雷神抗議。

4 經過長途跋涉，華胥終於來到了雷澤。龍頭人身的雷神讓她感到無比害怕，但她還是鼓起勇氣，責問雷神為什麼禍害百姓。

5 雷神被這位美麗勇敢的姑娘打動了，他承諾只要華胥嫁給他，他便不再亂發脾氣。華胥再三猶豫，最後答應了雷神的要求。

6 華胥與雷神成親沒多久，便生下了一個可愛的兒子。雷神滿心歡喜，脾氣也比之前溫和多了。之後，華胥國再沒發生過水災。

7 華胥很想念父母，但又怕自己走了，雷神會大發雷霆。她思來想去，瞞着雷神將兒子放在一個葫蘆瓢裏，讓他順水漂回故鄉。

伏羲的誕生

8 説來也巧，這天，華胥的父親正在河邊打魚。他見漂來一個葫蘆瓢，瓢裏好像還有什麼東西，便用長竿把葫蘆瓢打撈上岸。

9 他仔細一瞧，那葫蘆瓢裏竟躺着個胖胖的男娃娃，身上還穿着件花肚兜。他記得女兒離家時就穿着一件這種花樣的衣服。

10 他激動地抱着孩子回家，喊妻子來看，並告訴她孩子的來歷。夫婦倆看了半天，發現孩子長得的確像自己的女兒，又驚又喜。

11 附近的百姓紛紛跑來看這個孩子。他們感激與思念華胥的功勞，都很喜歡這個孩子，還給他取名為伏羲，也就是葫蘆的意思。

伏羲爬天梯

傳說，在都廣這個地方有一座天梯，天上眾神都是通過它往返於天地之間。

1 華胥國附近，一個叫都廣的地方，有棵名為建木的樹。那樹高聳入雲，樹幹兩旁沒有枝丫，只有樹冠長了些彎曲的樹枝。

2 最神奇的是，無論陽光從哪個方向照射過來，建木都沒有影子。伏羲小的時候就對這棵樹感到很好奇，常常圍着它漫步。

3 一次，伏羲來到建木下玩耍。建木上掛着一條條藤蔓般堅韌的樹皮，他使勁地搖了搖樹幹，沒想到樹皮竟垂了下來。

5 他爬啊爬，也不知道過了多久，連雲朵都已經在他的腳下了，才終於到達樹冠。這時，他看到樹葉間好像有個金環在閃動。

6 伏羲覺得奇怪，正想看清楚那金環是什麼東西，卻忽然感覺整個身體被一股強大的力量拉着升騰而起，嚇得他連忙閉上眼。

4 伏羲想：樹上面會有什麼呢？不如我爬上去看看吧。想到這兒，他立刻扯着一條樹皮，手腳並用地往上爬。

7 不久，伏羲睜開眼睛，發現自己到了一個不認識的地方。這裏建有許多華麗的亭台樓閣，還有大鵬鳥在樓閣間自在飛翔。

8 這時，一位老翁走了過來，伏羲忙問他這是什麼地方。老翁說：「這裏是天帝的花園，建木是眾神來往於天地間的天梯。」

9 此時天色已近黃昏，天庭景色愈加美麗，但伏羲怕家人擔心自己，很想回去。老翁便召來一隻大鵬鳥，讓伏羲爬上牠的背。

10 大鵬鳥輕輕地扇動翅膀，飛了起來。伏羲閉上眼，只覺得風聲在耳邊呼呼地響。

11 不一會兒，伏羲覺得周圍安靜了下來。他睜開眼睛一看，發現大鵬鳥正停在建木的樹冠上。

12 伏羲趕緊從大鵬鳥的背上爬下來，爬到樹冠上，然後扯着一條樹皮往下爬。

13 伏羲快到地面時，發現外祖父母和鄉親們正到處找他呢！這些人見伏羲從建木上下來，都吃了一驚。

14 伏羲長大成人後，被推舉為華胥國的首領，為百姓做了不少實事，天帝便把他召入天庭做了天神。

燧人氏鑽木取火

火是光明的使者、文明的象徵。很早以前，燧人氏（燧，粵音睡）就教人們學會了鑽木取火。

1 在上古時代，人類不知道有火，只能吃生食物。到了夜晚或寒冷的季節，也沒有火來照明或取暖，生活條件十分艱苦。

2 天神伏羲看到這一切後，心裏很難過，希望把火種送給人類。於是，他施展神通，在山林裏下了一場雷雨。

3 山林裏電閃雷鳴，風雨大作。突然，隨着呼的一聲響，一道雷電劈中了一棵樹，這棵樹很快就燃起了熊熊大火。

4 人們都被眼前的雷電和大火嚇壞了，慌忙尋找安全的地方躲避。野獸也嚇得四散逃走，一些來不及逃的都被大火燒死了。

5 不久，雷雨停了。夜幕降臨，逃散的人們又聚到一起。他們驚恐地看着周圍仍在燃燒的樹木，不敢靠近。

6 後來，一個年輕人勇敢地走上前。很快，他發現身上變得暖和起來。他高興地招呼大家，說：「這裏不但明亮，還很溫暖。」

7 人們小心地圍過來，聚在火邊，但仍然警惕地看着眼前的火。這時，一陣陣香味飄了過來——是那些被燒死的野獸發出來的。

8 他們走過去，把野獸身上的肉撕下來，一起分着吃。沒想到，這些肉竟然比他們之前吃的生肉美味多了。

9 火太有用了，它不僅讓人感覺温暖，還讓人吃上了香噴噴的食物。於是，大家撿來樹枝，讓火一直燃燒着，並派專人負責看管。

10 可是，有一天晚上，那個當值的人不小心睡着了。火堆裏的樹枝燃盡後，火熄滅了。沒有了火，大家痛苦極了。

11 伏羲見人間的火滅了，於是託夢給那個最先發現火的用處的年輕人，告訴他：「在遙遙的燧明國，有火種。」

12 年輕人醒後，想起夢裏天神對他說的話，決心不管付出多大的代價，都要去燧明國尋找火種。

13 於是，他翻過一座又一座高山，蹚過一條又一條大河，不知吃了多少苦，終於來到了燧明國。

14 沒想到，燧明國白天沒有陽光，夜晚沒有月光，四處一片黑暗。年輕人非常失望，坐在一棵巨大的燧明樹下休息。

15 突然，他發現頭頂閃現了一點亮光。他驚奇地抬頭一看，發現光是從燧明樹上發出來的，那裏有啄木鳥正在啄食蟲子。

16 每當啄木鳥的嘴巴敲擊樹幹時，樹幹上就會迸射出火光，把周圍照亮。年輕人看呆了，他終於找到火種啦！

17 怎樣才能把火種帶回家鄉呢？年輕人靈光一閃，折了一些燧明樹的樹枝，像啄木鳥啄樹一樣去鑽樹幹，果然鑽出了火花。

18 年輕人日夜兼程地趕回家鄉，將鑽木取火的方法教給大家。後來，他發現普通的樹枝和樹幹也能鑽出火花，用火就更方便了。

19 從此，人們開始了利用火的生活。人們還推舉那個勇敢的年輕人做部落首領，並稱他為燧人，也就是取火者的意思。

廩君與鹽水女神

廩君（廩，粵音凜）是天神伏羲的後代子孫之一，他成為首領後，帶領族人過上了更好的生活。

1 上古時候，武落鍾離山的洞穴中住着五大氏族。由於他們沒有共同首領，氏族間爭鬥不斷。

2 五族的老人意識到，再這樣鬥下去對各族都不利。經過商議，他們決定：各族推選代表進行比賽，勝出者為五族共同首領。

3 幾天後，一場激烈的比賽拉開了帷幕。第一輪比賽中，代表們要站在山頂往對面山崖的洞穴擲劍，能使劍倒懸在穴頂者獲勝。

4 代表們使出了渾身力氣，但他們的劍都在中途紛紛掉落，只有巴氏的代表務相，將劍穩穩地插進了穴頂的岩石上。

5 第二輪比賽划船。每位代表都要預先造好一隻雕着花紋的泥船，誰能駕駛自己的泥船在河水中行駛最遠的距離便獲勝。

6 其他幾個代表駕駛的泥船才出發沒多久便先後沉沒了，代表們紛紛落入水中，只有務相划船前行了很遠還安然無恙。

7 巴氏的務相就這樣毫無懸念地贏得了比賽，成了五族的共同首領，大家都尊稱他為「廩君」。

8 在廩君的帶領下，五族團結合作，欣欣向榮，人丁也逐漸興旺起來，但一個新問題出現了：原有的山洞住不下那麼多人了。

9 廩君思來想去，最後決定放棄他們居住的洞穴，帶領族人乘船沿江而下，尋找更廣闊富饒的地方生活。

10 沒過多久，他們來到了鹽水河流經的鹽陽。廩君讓大家停船上岸，搭起帳篷，準備休整幾天再出發。

11 鹽水河住着一位美麗的女神，她對廩君一見鍾情，多次勸說廩君：「此處土地廣闊，且盛產魚、鹽，不如你和族人留下來吧！」

12 廩君也對鹽水女神一見傾心，但他覺得鹽陽對自己統領的部族來說還是太小，他不想犧牲族人的利益，便婉言拒絕了。

13 鹽水女神並不甘心，每天晚上都跑來廩君的帳篷裏，和他談天說地。

14 到了白天，她就變成小飛蟲，陪伴在廩君左右。鹽陽的神靈精怪都被她打動，也紛紛變作小飛蟲在空中飛舞。

15 廩君率族人乘船出發那天，小飛蟲越聚越多，遮天蔽日，讓人分不清東南西北。他這才明白是鹽水女神想要把他留下來。

16 廩君和族人一連七天被小飛蟲阻攔。廩君屢次勸說鹽水女神無果，只好派人將自己的一綹（粵音柳）髮絲送給她做信物。

17 鹽水女神滿心歡喜，以為廩君送她信物是願意留下來的意思，於是將它小心翼翼地繫在腰間。

18 第二天一早，鹽水女神卻聽說廩君的船隊出發了。她急匆匆召集各路神靈精怪，與她一道變身為小飛蟲，前去阻攔

19 鹽水女神變成小飛蟲後，腰間的那綹髮絲也隨着她在空中飛舞。廩君在船上看得真切，彎弓搭箭朝着髮絲所在的地方射去。

20 只聽到一陣痛苦的呻吟聲傳來，中了箭的鹽水女神臉色蒼白地從空中墜落下來。然後，天空頓時晴朗了。

21 鹽水女神落在鹽水河的河面上，雙目緊閉。廪君無力地垂下拿弓箭的手，眼含淚水，默默地看着她慢慢沉入河底。

22 之後，廪君帶領着族人再次順流而下。幾日後，他們乘船登岸，來到了一片富饒的原野。

23 廪君與族人在此處扎根，建造了一座自己的都城，起名為夷城。從此以後，他們的子孫就在那裏快樂地生活着。

炎帝的傳說

炎帝是神龍之後，傳說他也為人們做出過重大貢獻。

1 相傳，有個叫女登的姑娘在姜水邊遊玩時，忽然看見一條龍躍出水面。那條龍在她身上纏繞一圈後就離開了。

2 女登來不及看清神龍的模樣，神龍就不見了。沒想到她回到家後不久就懷孕了。十個月後，她生下了一個可愛的男孩。

3 這個小男孩長得十分奇特，有着牛頭人身，身體是透明的，從外面可以看到他的五臟六腑。

4 小男孩長大後，成了姜姓部落的首領。他治理著一萬兩千里的土地，是南方火德之帝，所以被稱為炎帝。

5 當時，人們主要靠狩獵維持生活。但是，到了炎帝統治的時代，人口逐漸增多，光靠狩獵已經填不飽肚子了。

6 炎帝是一位非常慈愛的首領，他不忍心看見百姓飢腸轆轆（粵音碌）的樣子，於是到處去尋找食物。

7 有一次，炎帝看見一隻遍身通紅的鳥，衝著一株九穗的穀物從天空中飛過，穗上的穀粒掉到了地上。

8 炎帝把這些穀粒撿起來，種到地裏。過了一段日子，這些穀物長大了，結出了豐碩的穀子。

9 炎帝把穀子收割了，從中分辨出稻、黍、稷（粵音積）、麥、菽五種穀物。五穀煮熟後美味可口，吃了能充飢，還能強健身體。

10 有了五穀的種子，炎帝便開始教人們耕地、播種、管理、收穫的方法，還教人們用樹木製作農具。

11 從此，農業慢慢興起，人們再也不愁吃了。由於教大家興農事、種五穀，因此炎帝又被人們尊稱為「神農」。

神農嘗百草

神農不僅在農業方面做出了重要貢獻，在醫藥方面也有着傑出成就。

1 神農教人們種植五穀，解決了吃的問題。可是，那時的人們壽命還是不長，很多人都因為病痛的折磨而早早過世。

2 神農心裏很難受，下決心要嘗遍世間的植物，觀察它們在自己肚子裏是如何變化的，從而找出可以治病的草藥。

3 他還特意做了兩個袋子背在肩上，左邊的用來裝可以當糧食吃的草，右邊的用來裝可入藥的草。

4 這天，神農看到一棵樹上長有嫩綠的小葉，就摘了幾片咀嚼。沒想到，他嚼了幾下後竟覺得生津解渴，神清氣爽。

5 他低頭一看，見葉子在胃裏擦來擦去，把胃擦得乾乾淨淨。這種葉子就是後來人們所說的茶葉。

6 一次，神農嘗了一種開着蝴蝶狀小花的植物，覺得它甘甜適口。於是，他把這種植物取名為甘草，並放入了右邊的袋子裏。

7 又有一次，神農看見兩個正在幹活的老人被毒蟲咬傷了膝蓋，疼痛難忍。

8 神農連忙從路旁拔了一棵開着淡綠色小花的草，用它的根來幫老人消腫解毒。

9 老人服了草藥，膝蓋很快就消腫了，也不疼痛了。這種草藥就是後人常用來破瘀消腫、止痛解毒的牛膝。

10 神農背着袋子走遍了各大山川，兩個袋子裏的草藥也裝得越來越多。據說，被他嘗過的花、草、根、葉有三十九萬八千種。

11 有時，神農也會嘗到有毒的草，每當這時，他就從右邊的袋子裏摸些茶葉出來吃了解毒，然後繼續去尋找新的草藥。

12 這一天，神農見樹上攀爬着一根開着黃色小花的藤，藤上的葉子還會伸縮蠕動。

13 神農懷疑它是妖草，但又覺得它可能有奇效，便試着吃它的葉子。可不一會兒，神農就感覺腸子像斷了一樣痛。

14 神農暈倒在地。有人想用茶葉給神農解毒，卻發現他已沒有了氣息。後來，人們把奪去神農生命的那種草稱為「斷腸草」。

15 後人感激神農的恩德，尊稱他為「藥王菩薩」，並在很多地方修建了藥王廟，供奉他的神像。

精衞填海

炎帝的小女兒不幸溺水而亡，死後化成精衞鳥，發誓要填平東海。

1 相傳炎帝有三個女兒，其中最小的女兒叫女娃。女娃活潑伶俐，聰明可愛，深得炎帝寵愛。

2 女娃有個心願，就是想去東海看看。可是，炎帝太忙了，總是沒有時間帶她去。

3 這一天，女娃覺得很無聊，便偷偷地溜出了家門。她一個人駕着小船，去東海遊玩。

4 女娃第一次見到大海，感覺新奇極了。她駕着小船離岸邊越來越遠，一點兒也沒考慮到會有危險。

5 突然，海上颳起狂風，掀起了驚濤駭浪。洶湧的海浪像山一樣向小船推壓過來，女娃瞬間就被海浪吞沒了。

6 女娃不甘心就這樣死去，她的精魂化作了一隻名叫精衛的小鳥。精衛鳥長着花斑頭頂、白嘴殼、紅腳爪，住在發鳩山上。

7 精衛鳥憎恨無情的大海奪去了她年輕的生命，發誓一定要填平大海，以免它害死更多的人。

8 於是，她從發鳩山上銜起小石子或者小樹枝，然後飛到波濤洶湧的東海海面上，再把這些東西投到海裏。

9 東海不停地咆哮着，輕蔑（粵音滅）地對精衛説：「算了吧，你就算這樣幹上一百萬年，也別想把我填平。」

10 精衛飛上高空，堅定地説：「就算幹上一千萬年、一萬萬年，甚至到世界終結，我也要把你填平。」

11 就這樣，精衛一趟又一趟地往返於發鳩山與東海之間，一直沒有停歇。

黃帝戰蚩尤

蚩尤（蚩，粵音痴）對黃帝心生不滿，於是率領眾多神怪和士兵，在涿鹿與黃帝展開激戰。

1 古時候，黃帝和炎帝之間發生了一場激烈的戰爭。結果，炎帝戰敗，退守到南方，黃帝做了中央天帝。

2 蚩尤是炎帝的後代，他有著猛獸般的身體，以沙石為食，十分強悍。在當年那場大對決中，蚩尤因戰敗而被黃帝俘虜了。

3 蚩尤雖被囚禁在獄中，但黃帝還是擔心他會生事，便派風伯和雨師去看管他。沒想到，風伯、雨師竟和蚩尤結為了朋友。

4 不久，在風伯和雨師的暗中幫助下，蚩尤從黃帝那裏逃出來，回到了南方。

5 蚩尤勸炎帝再與黃帝決戰，分個高下，但炎帝拒絕了。蚩尤便自己帶領一幫對黃帝不滿的人，浩浩蕩蕩地殺向北方。

6 黃帝想用仁義感動蚩尤，蚩尤卻不為所動。黃帝便準備人馬，在涿鹿和蚩尤展開了一場大戰。

7 蚩尤憑藉優良的武器和勇猛的士兵，不斷向黃帝發動進攻。面對猛烈的攻勢，黃帝首先派出大將應龍應戰。

8 應龍飛上半空，引來江河湖海的水。頓時，地上波濤洶湧，滔天的大水直向蚩尤的軍隊沖去。

9 蚩尤連忙招來風伯和雨師助戰。不一會兒，電閃雷鳴，風雨大作，地上什麼都看不清楚，黃帝的軍隊無法前進。

10 在這危急關頭，黃帝的女兒魃（粵音拔）上陣了。魃是個旱神，她一施展法術，馬上就驅散了烏雲。很快，風停雨歇，晴空萬里。

11 風伯和雨師見自己的法術被破，只好退了回去。黃帝乘勝追擊，派出熊、羆（粵音悲）、豹、虎等猛獸追趕蚩尤的軍隊。

12 蚩尤的士兵雖然有盔甲護身，刀槍不入，但是遇上這麼一羣兇猛的野獸，也抵擋不住，紛紛敗逃。

13 就在黃帝將要取勝的時候，蚩尤忽然從鼻孔中噴出滾滾濃霧，把黃帝的軍隊團團圍住，使他們分不清東南西北。

14 在茫茫大霧中，蚩尤的士兵個個神出鬼沒，一會兒打這邊，一會兒打那邊，殺得黃帝的軍隊人叫馬嘶。

15 黃帝不斷地高聲呼喊：「衝出去呀！」士兵們也跟着喊：「衝出去呀！」可是，他們轉來轉去，衝殺了半天，還是在大霧裏。

16 這下黃帝也想不出法子了，只得找來聰明的風后想辦法。風后坐在戰車上，閉着眼睛苦苦思索，終於想出了一個辦法。

17 他仿照北斗星指示方向的原理，製作出了指南車。這個指南車的前面有一個小人，手指始終指向正南方。

18 辨認出南方以後，其他方向也就能夠辨認了。黃帝的軍隊很快就根據指南車的指引，衝出了大霧。

19 蚩尤見黃帝已經衝出包圍，只好停止噴霧，轉身就逃。黃帝帶着士兵奮力追擊，最終打敗了蚩尤的軍隊，並殺死了蚩尤。

巨人刑天

刑天本是個無名巨人，由於被黃帝砍了頭而被稱為「刑天」。「刑天」就是「砍頭」的意思。

1 巨人刑天酷愛音樂，曾為炎帝創作名為《扶犁》的樂曲，歌頌人們的幸福生活。

2 蚩尤率軍攻打黃帝的時候，刑天也想參戰，但被炎帝制止了。後來，蚩尤戰敗被殺，刑天怒火中燒，立志要殺了黃帝。

3 他偷偷離開南方，直奔中央天庭。只見他左手拿着一面盾牌，右手握着一把板斧，徑直殺到了黃帝的宮前。

4 看見刑天殺氣騰騰地衝過來，黃帝拿起寶劍就和他打了起來。兩人你來我往，拼命廝殺，一直從天庭殺到了人間。

5 黃帝和刑天降落在常羊山附近，繼續劍刺斧劈，打得難解難分。突然，黃帝發現了刑天的一個破綻，一劍向他的脖頸砍去。

6 只聽呀嚓一聲，刑天的那顆像小山似的頭顱從脖頸上滾落下來。頭顱落地的聲響就像打雷一樣，震動了整個常羊山。

7 刑天沒有了頭顱，頓時驚慌起來，他在地上四處摸索，想要把頭顱找回來安放在脖頸上，繼續和黃帝作戰。

小朋友請記得，我們不是神話人物，
如果沒有了頭顱，可是活不了！

8 可是他摸啊摸啊，摸遍了周圍的大小山谷，依舊沒有找到自己的頭顱。而那些被他摸過的地方都變成了平地。

9 其實，他的頭顱就在不遠處的常羊山山腳下。黃帝怕刑天找到頭顱後再來與自己作對，就舉起劍朝常羊山劈去。

10 常羊山被劈成兩半，那顆巨大的頭顱滾入了山中。接著，兩山又合二為一，將刑天的頭顱深深地埋了起來。

11 正在四處尋找頭顱的刑天聽到異樣的響聲，立刻停止了摸索。他呆呆地蹲在地上，知道自己將永遠身首異處了。

12 不知道過了多久,憤怒的刑天又站了起來。他一手拿着板斧,一手拿着盾牌,向着天空不停地揮舞。

13 這時,斷頭的刑天赤裸着上身,好像把兩個乳頭當作眼睛,肚臍當作嘴巴,身體變的頭顱像山一樣穩固。

14 黃帝見刑天斷頭後還在憤怒地揮舞着盾斧,不由得對他生出敬意。他不忍再與刑天打鬥,就悄悄地回天庭去了。

15 而那斷頭的刑天,一直到現在,還在常羊山附近揮舞着手裏的武器,堅定地與黃帝抗爭。

蠶神

中國是世界上最早養蠶的國家。關於蠶是怎樣來的，民間流傳着這樣一個神話故事。

1 黃帝戰勝蚩尤後，在崑崙山上舉行慶功大會，四面八方的神仙都趕來向他祝賀。

2 就在眾神談笑風生之際，來了一位披着馬皮的女子。大家見這女子面生，忙問她是誰。女子便娓娓道出了自己的來歷。

3 原來，這女子名叫蠶女，自小就失去了母親，與父親相依為命。父女倆生活十分貧苦，沒有什麼家產，只養了一匹公馬。

4 有一次，蠶父出遠門幹活，大半個月沒回家。蠶女感到很孤單，就和家裏那匹馬開玩笑說：「若你能把父親接回，我就嫁給你。」

5 説來也奇怪，那馬好像聽懂了她的話，突然用力掙斷韁繩，衝出馬廄（粵音夠），朝村外一陣風似的跑遠了。

6 那匹馬一刻也不停歇，沒幾日便跑到了蠶父所在的地方，而且還對着蠶父一個勁兒地嘶鳴。

7 蠶父見馬一副急躁的樣子，以為是家中出了什麼事，急忙跨上馬背，往家的方向策馬狂奔。

8 蠶女見父親騎着家中的馬提前歸來，非常驚訝。而蠶父看到女兒一切平安，終於放下心來。

9 雖然鬧了一場誤會，但蠶父卻越發喜歡那匹馬，每天都用上等的草料餵養它。可不知怎的，那匹馬悶悶的，一點兒胃口也沒有。

10 而且每當蠶女去馬廄餵牠時，牠總是又踢又叫，好像在鬧脾氣一樣。蠶父覺得奇怪，便問蠶女其中的緣故。

11 蠶女只好把自己曾許諾嫁給馬的事告訴了父親。蠶父聽了又急又氣，訓斥她說：「萬物有靈，你怎能隨便說這種話呢？」

12 蠶父見這匹馬這麼有靈性，怕日後生出事端，便趁蠶女不在家的時候，偷偷用箭射死了牠。

13 他把馬皮剝下來後，晾曬在院子裏，然後就把馬埋了。

14 傍晚，蠶女回到家中，一眼就認出晾曬在院子裏的馬皮是自己那匹心愛的馬的，不禁驚叫了一聲。

15 忽然，天色變暗，狂風驟起，馬皮瞬間迎風而起，朝着蠶女直捲而來。蠶女感到身上一緊，整個身體就被馬皮裹住了。

16 風越颳越猛，裹着馬皮的蠶女最後竟被狂風席捲而去。蠶父見了，嚇得緊跟着追進了山林。

17 蠶父大聲呼喊着女兒的名字。突然，從一棵樹上傳來聲音：「父親，我在這裏。」蠶父抬頭一看，一條白蟲正在樹上吐着絲。

18 人們聽說此事後都跑來看，並把那種奇怪的蟲叫作蠶，把那棵樹叫作桑。桑與喪同音，意思是蠶女在樹上喪了命。

19 從此以後，蠶女披着潔白的馬皮，成了蠶神。她思念父親和家鄉的時候，就不斷地從口中吐出長絲，以寄託她的思念之情。

20 崑崙山上的眾神聽了蠶神的遭遇後，都唏噓不已。

21 蠶神向黃帝送上她吐出的一卷絲做賀禮。這些絲又輕又軟，黃帝的妻子嫘祖（嫘，粵音雷）非常喜歡，想用它來製作衣服。

22 蠶神便贈送給嫘祖許多蠶寶寶，並教她用桑葉餵養牠們。就這樣，嫘祖掌握了養蠶的方法。

23 後來，嫘祖將蠶寶寶分發給百姓，並教授他們養蠶的方法，養蠶織絲的手藝便慢慢在民間流傳開了。

黃帝失玄珠

黃帝有一顆心愛的寶珠，沒想到竟因意外永遠失去了它。

1 黃帝有一顆寶貴的玄珠。這顆玄珠烏黑發亮，黃帝對它愛不釋手，無論走到哪裏，都把它帶在身上。

2 有一天，黃帝帶着部下去赤水遊玩。回到崑崙山後，他發現心愛的玄珠竟然不見了，急忙派一個叫「知」的天神去尋找。

3 天神知奉命來到赤水邊，把沙灘、岩石翻轉了，卻不見玄珠的影子，只好垂頭喪氣地回去了。

4 黃帝又派天神離珠前去尋找。離珠是個長有三個頭、六隻眼睛的天神。他在赤水邊搜尋了大半天，還是沒找到玄珠。

5 黃帝還不甘心，又讓天神吃詬去赤水。吃詬跳進赤水中，在水底下翻找了一遍，卻還是空手而歸。

6 天神象罔是個熱心腸，也請求前去尋找玄珠。要知道他可是出了名粗心大意，黃帝對他不抱希望，揮了揮手便打發他去了。

7 象罔來到赤水，漫無目的地在岸邊遊蕩了一會兒，就覺得累了，便躺在草地上睡起了覺。看樣子他是將此行的任務忘光了。

8 一覺醒來，象罔覺得舒服極了，愜意地翻了個身。突然，他感覺背後有什麼東西硌得他生疼，摸出來一看，竟是玄珠！

9 象罔忙帶着它回去領功。玄珠失而復得，黃帝喜笑顏開，對象罔讚不絕口，還讓他替自己保管玄珠。

10 象罔領命而去，但他一點兒也不改粗心大意的本性，將那顆寶貴的玄珠隨意地塞在了袖子中。

11 崑崙山附近有個部落首領的女兒叫奇相。她很想得到玄珠，便帶着青稞酒和一枝蓋在象罔的必經之路上守着。

12 一看到象罔走過來，奇相便開始吹起簫來。簫聲清脆悅耳，象罔忍不住駐足細聽。

13 奇相趁機獻上青稞酒，讓他一邊聽簫，一邊飲酒。象罔聽得如癡如醉，酒也喝了一碗又一碗。

14 不久，象罔就醉醺醺地倒了在地上。奇相躡手躡腳地上前，從象罔的袖子中掏出玄珠，然後一溜煙地逃跑了。

15 象罔酒醒後，腦袋昏昏沉沉的。他想起奇相的舉動，覺得事有蹊蹺，便摸了摸身上，這才發現黃帝交給他的玄珠不見了。

16 玄珠不見了可不得了，象罔趕緊騰雲駕霧去追，可他找遍了各處，都不見奇相，急得額頭直冒汗。

17 一直追到四川岷江附近，象罔才看到奇相騎著快馬在前面狂奔。象罔又急又氣，朝她大喊：「丫頭，快把玄珠還我！」

18 奇相哪裏肯聽，用力甩動鞭子，催馬前行。馬卻越跑越慢，最後甚至停了下來。原來前面是翻滾的岷江水，已經沒有去路了。

19 奇相從小驕縱慣了，被象罔逼到這個分上，覺得羞愧難當，竟縱身跳入了滾滾的江水中。象罔急忙伸手去拉，可是已經晚了。

20 象罔只好返回崑崙山，將奇相偷玄珠的事情稟告黃帝。黃帝大發雷霆，嚴厲地訓斥了他一頓。

21 過了一段日子，岷江附近的百姓看到有個馬頭龍身的怪獸，頂着一顆黑色的珍珠浮出水面。牠就是奇相變化而成的。

22 這個怪獸成了岷江的水神，牠再也無法離開水面，也不能親自將玄珠還給象罔了。所以，牠只好將玄珠放在了赤水岸邊。

23 沒過多久，那顆玄珠竟化作了一棵三珠樹。那樹遠遠看去就像一棵松柏，不過它的葉子是一顆顆晶瑩透亮的珍珠。

倉頡造字

漢字是世界上最古老的文字之一，傳說它是倉頡（粵音揭）創造出來的。

1 在人類社會早期，文字還沒有被發明出來，我們的先民們主要靠結繩的辦法來記錄生活中的事情。

2 結繩記錄的事情非常豐富，大到歷史事件，小到口角紛爭，都可以通過形狀、顏色不同的繩結來表示。

3 黃帝手下有一個長有四隻眼睛的官員，名叫倉頡。他不但聰明，做事也非常認真。

4 起初，倉頡用結繩的辦法來記錄牲口和食物的數量，但是他發現增加數量時打結很容易，減少數量時解開結卻很麻煩。

5 後來，他就在繩子上掛不同的貝殼代替他所管的東西，增加了就添一個貝殼，減少了就去掉一個貝殼，比結繩方便多了。

6 黃帝見倉頡這麼能幹，就把他叫來，讓他想個更方便好用的辦法來記事。

7 倉頡接到命令後，在河邊高台上建造了一間房屋，住下來專心研究新的記事方式。可是，很長時間他都沒有找到思路。

8 一天，他去參加集體狩獵。走到一個三岔路口時，幾個老人爭了起來，一個說往東，東邊有羚羊；一個說往西，西邊有鹿羣。

9 倉頡很好奇，上前問老人們怎麼知道哪個方向有獵物。老人說：「這個很簡單，地上有動物的腳印啊。」

10 倉頡一聽，馬上來了靈感。他想：既然動物都有不同的腳印，為什麼不能造出不同的圖形來表示不同的東西呢？

11 倉頡馬上仔細觀察起身邊的各種事物。他一會兒看看天上的太陽，一會兒看看遠處的山峯，越看越興奮。

12 狩獵回去後，倉頡找來棍子在地上畫了起來。很快，他就畫出了太陽、山峯、火、水等圖形。

13 這些圖形簡單好認，一看就能明白，倉頡把它們叫作字，並把它們獻給了黃帝。黃帝看了很高興，讓倉頡繼續創造更多的字。

14 從此，倉頡細心觀察日月星辰、蟲魚鳥獸、草木器具、人情事理，並依照自然萬物各自的形態，一一造出字來。

15 字造出來以後，黃帝派倉頡去各個部落傳授，字便慢慢推廣開來。後來，字不斷演變，成為我們今天使用的漢字。

百鳥之王少昊

少昊（粵音浩）是仙女皇娥與啟明星之子，在成為西方天帝前，他曾在東海之濱建立了一個鳥的王國。

1 天宮中有一位名為皇娥的仙女，她每天都要用彩絲織布。人間的百姓驚歎於她高超的織布技藝，把她織好的布稱作彩霞。

2 皇娥完成一天的工作後，總愛劃着小船到浩瀚的銀河遊玩。

3 一天，皇娥劃着小船，沿着銀河溯流而上，來到了凹海邊的一棵窮桑樹下。窮桑樹高達萬丈，桑葉是紅色的，果實是紫色的。

4 皇娥正望着窮桑樹出神，卻見一位容貌不凡的少年從天而降。他是白帝的兒子，也就是每天日出前出現在東方的啟明星（金星）。

5 皇娥與少年一見鍾情，訂下了終身之約。兩人同乘小船，在海上隨風飄蕩。月光下，少年彈起了琴，皇娥輕聲和唱。

6 後來，心心相印的兩人有了一個可愛的兒子，名叫少昊。少昊有着超凡的本領，從小就能聽懂鳥說話，因此與鳥十分親近。

7 少昊長大成人後，在歸墟附近建立了一個鳥的王國。

8 這個國家的臣僚百官是各種各樣的鳥。鳳凰是羣鳥之首，為少昊總管這些官員。

9 燕子、伯勞、鵜雀、錦雞分別掌管春、夏、秋、冬四季，負責向人們報告四時的消息，這樣人們就能春耕秋收了。

10 除此之外，少昊還派了其他五鳥來管理日常事務。鵜鴣（粵音撥姑）對父母十分孝順，少昊認為牠是榜樣，便委派牠掌管教育。

11 鷙鳥（鷙，粵音就）相貌威猛，嚴厲冷峻，被任命為軍事總管，負責訓練軍隊。

12 布穀鳥做事公平，少昊讓牠掌管建築，帶領鳥兒們蓋房子，以免分配不均。

13 雄鷹鐵面無私，因此被少昊派去掌管國家法律和刑罰。

14 斑鳩一天到晚嘰嘰喳喳叫個不停，少昊見牠喜歡說話，便讓牠做了諫官，專門負責向自己提出各種建議。

15 鳥大臣們各司其職，輔助少昊將國家打理得井井有條。黃帝做了中央天帝後，見少昊如此有管理才能，便讓他做了西方天帝。

顓頊的故事

顓頊（粵音專沃）是黃帝的曾孫，他成為中央天帝後，做了一件重要的事情——隔斷天地間的通路。

1 顓頊曾到少昊的國家遊玩。那時他才十多歲，但已十分有才幹，幫着少昊處理了不少國事。

2 顓頊年紀尚小，喜歡玩耍，少昊便專門製作了琴和瑟讓他彈。顓頊很有音樂天賦，彈奏的樂曲常讓鳥大臣們陶醉得翩翩起舞。

3 顓頊離開後，琴瑟沒有了用處，少昊便把它們丟到了海中。據說，現在乘船經過那裏的人，偶爾還會聽到一陣陣琴瑟之聲。

4 顓頊長大成人後，先是做了北方的天帝，和他的屬下海神禺強，共同管理白雪皚皚的一萬二千里原野。

5 後來，中央天帝黃帝年事已高，見顓頊這麼有才幹，就把中央天帝的寶座讓給他，讓他代行神權。

6 顓頊成為中央天帝後，害怕地上的人會和天神聯合起來造反，就派了「重」和「黎」去把天和地的通路阻斷。

7 人間有許多險峯和高木可作為天梯，智者和勇者能通過它們到達天庭。怎樣快速完成此次任務呢？重和黎想到了一個辦法。

8 他們到了人間後，就開始行動了。只見重兩手高舉，使出渾身的力氣將天向上托舉，黎則俯身用力向下按地。

9 直到天和地的距離足夠遠，即使登上天梯也無法到達天庭，兩位天神才滿意地離開了人間。

10 從此以後，人和神便有了距離。神在天上過着逍遙快活的日子，閒來無事時，還可騰雲駕霧下凡間遊玩一番。

11 而人上天無路，有事ヶ求神時，只能祭祀上天，向神禱告。

龍伯釣鰲*

傳說很久以前歸墟有五座仙山，可是後來只剩下了三座，另外兩座去哪裏了呢？

*鰲，粵音熬

1 在渤海東邊幾億里的地方，有一個深不見底的大壑，名叫歸墟。江河湖海的水最終都會流入歸墟，卻永遠不會將它灌滿。

2 歸墟裏，有岱輿、員嶠、方壺、瀛洲和蓬萊五座仙山，山上種滿了長着珍珠和美玉的樹，還建有華麗的宮殿供仙人居住。

3 可是，這五座仙山底下都沒有生根，每當大風來襲，仙山便會隨着浪潮不斷顛簸。山上的仙人常常被顛得頭昏腦漲。

4 這樣下去可不是長久之計，仙人們只得上天庭去請求天帝幫忙。

5 天帝不忍看眾仙受苦，便命海神找來十五隻巨鼇，將牠們每三隻編為一組，分別背起五座仙山。

6 海神安排好一切後，叮囑仙人們：「巨鼇們沒工夫找吃的，煩請各位仙人一定要按時給牠們投餵食物。」仙人們滿口答應。

7 仙山安安穩穩，仙人們每日喝酒下棋，好不快活，很快便將海神的話拋在腦後。巨鼇們辛苦馱山萬年，卻一口吃的都沒有。

8 距歸墟幾億里的地方有個叫龍伯的國家。這個國家的百姓都是巨人，連鯤鵬這樣的大鳥與他們相比，都像一隻蚊子。

9 一天，龍伯巨人想出門釣魚。他聽說歸墟是大江大河的匯流之地，覺得那裏肯定有大魚，便拿着釣具往歸墟走去。

10 沒走一會兒，龍伯便來到幾億里之外的歸墟。他站在岱輿、員嶠兩座仙山中間，用一塊巨大的肉作餌，耐心等候大魚上鈎。

11 水底下的巨鼇早已餓得眼冒金星，見到釣鈎上的肉塊，哪顧得了那麼多，張嘴就咬。

12 龍伯用力一扯釣竿,發現上鈎的竟是一隻巨鼇,不禁又驚又喜,忙把牠裝入自己的魚簍裏。

13 龍伯再次下鈎,沒想到,這次竟然又釣上來一隻巨鼇。他當然很高興了。

14 不一會兒,龍伯便釣上了六隻巨鼇。「這六隻鼇足以熬一鍋味道鮮美的湯了!」說着,龍伯便滿意地背着魚簍回去了。

15 龍伯釣走的正是馱着岱輿、員嶠的六隻巨鼇。他剛走遠,歸墟便颳起了狂風,一個巨浪拍來,兩座搖搖晃晃的仙山就被吞沒了。

16 霎時間，落水的仙人、乘鶴逃去的仙人不計其數，慘叫聲、呼救聲連成一片。

17 事後，仙人們一起向天帝狀告龍伯國的巨人。天帝聽了，生氣地斥責他們：「龍伯國固然有錯，但你們就沒有責任了嗎？」

18 不過，天帝為了平息此事，還是對龍伯國做出了懲罰：削減龍伯國的疆域，縮小龍伯百姓的身材。

19 後來，仙人們就安心住在方壺、瀛洲和蓬萊三座仙山上。經歷了上次那件事後，他們再也不敢忘記給馱山的巨鼇投餵食物了。

共工怒觸不周山

顓頊對人間的事情不聞不問，還不斷壓制天神，這引起了水神共工的不滿……

1 顓頊做了一段時間中央天帝後，就只顧着自己享樂，對人間的事情不聞不問。

2 這一時期，人間出現了許多怪神。平逢山有一個叫驕蟲的雙頭怪神，只要有人惹怒他，他就會放出一大羣蜜蜂來蜇人。

3 住在瑤水的無名天神，長得像牛，卻有兩個頭、八條腿和一條馬尾巴。只要他出現在哪裏，哪裏就會發生慘烈的戰爭。

4 光山上有個人身龍首的怪神，名叫計蒙。他總愛在山下的大池子中嬉戲，但每次進出池水，都會引來狂風和大雨。

5 顓頊的三個死掉的兒子也在人間興風作浪，坑害百姓。其中一個在長江一帶，化作瘧鬼，散播瘧疾，讓人們飽受折磨。

6 另一個居住在若水，變成了魍魎（粵音網兩），常常學人的聲音來迷惑百姓。

7 還有一個是小兒鬼，他平時住在人們屋子裏的某個角落，總是趁着大人不注意，朝孩子做鬼臉，把孩子嚇得哇哇大哭。

8 顓頊對這些惡行視而不見，還不斷壓制、罷黜對自己不滿的天神。

9 水神共工再也忍受不了了，他暗中召集那些像自己一樣遭受壓迫的天神，並自封為盟主，浩浩蕩蕩往天宮殺來。

10 顓頊正在天宮中飲酒作樂，聽說共工造反，不由得大驚失色。他立即召集天兵天將，與自己一起前去抵禦。

11 顓頊與共工的天兵從天上打到人間，一直打到西北方一座叫作不周山的山腳下。

12 不周山高聳入雲，是一根撐天的柱子。共工與顓頊連鬥了幾百個回合，還是未能取勝，他又急又怒，竟一頭朝不周山撞去。

13 共工身形高大，且天生神力。他這一撞，那不周山瞬間便被攔腰撞斷，崩塌下來。

14 不周山一塌，西北天空便失去了支撐，傾斜下來，月亮和星星也紛紛朝着傾斜的西天跑，從此日月星辰就變成東升西落了。

15 不周山的崩塌引起了強烈的地震，東南大地因此陷下一個巨大的深坑，江河湖海的水都日夜不息朝東南流去。

神犬盤瓠*

盤瓠（粵音胡）是一條神犬，牠因殺敵有功而娶了美麗善良的公主為妻。

1 帝嚳（粵音谷）是東方天帝，名俊，號高辛氏。有一年，他的王后得了耳痛病，怎麼醫治都不見好轉。

2 王后的耳痛病一直拖了三年都沒好。後來，她從耳朵裏掏出一條金蟲。蟲子一掏出來，她便感覺耳痛頓時消失了。

3 王后覺得奇怪，讓下人將這條金蟲放在瓠籬裏，並用盤子蓋上。不料，這蟲子越長越大，從盛放的器具中逃了出來。

8 自高辛王宣布這個消息後，盤瓠就突然不見了。高辛王讓下人尋遍宮中各處，都不見牠的蹤影，他心裏難過極了。

9 原來，盤瓠是去殺房王了。牠悄悄地來到房王的軍營，趁房王在營中睡覺時，猛地張開嘴，咬下了他的頭顱。

10 殺死房王後，盤瓠銜着他的頭顱，騰雲駕霧回到了宮中。

11 高辛王見愛犬不僅自己跑回來了，還帶回了敵人的頭顱，不禁又驚又喜。

12 為了獎勵盤瓠，高辛王讓下人為牠做了一桌豐盛的宴席，可盤瓠只是嗅了嗅這些美味佳餚，便悶悶不樂地走開了。

13 高辛王正納悶，沒想到盤瓠竟開口說話了：「大王啊，你之前說取得敵人的頭顱，便可娶公主為妻，為什麼你現在反悔了呢？」

14 高辛王吃了一驚：「犬怎能和人結婚呢？」盤瓠卻回答：「別擔心，只要你將我罩在金鐘裏七天七夜，我就會變成人了。」

15 高辛王半信半疑，命人將神犬罩在了一個金鐘裏。三公主得知此事後，覺得好奇，每天在金鐘旁邊閒遊。

16 一連六天過去了，三公主的心情漸漸地由好奇變為了擔心。她想：盤瓠這麼多天不吃不喝，不會餓死了吧？

17 她越想越着急，最後命人打開了金鐘。這可壞了大事，盤瓠的身體已變成人，但狗頭還沒來得及變，而且從此再也不能變了。

18 高辛王見盤瓠這副怪模樣，不願意答應這門婚事。三公主卻說：「一國之君，怎可失信？請父王為我倆籌辦婚禮吧！」

19 高辛王沒辦法，只得把心愛的女兒嫁給了狗頭人身的盤瓠。婚禮那天，二公主戴着一頂狗頭帽子，與盤瓠高高興興地成了婚。

20 兩人成婚後，高辛王封盤瓠為忠勇王。盤瓠怕高辛王反悔，索性帶着三公主離開了國都，住在人跡罕至的深山崖洞。

21 盤瓠每天在山上打獵砍柴，公主則換上了平民百姓的粗布衣服，在家裏操持家務。夫妻倆過着平淡而快樂的日子。

22 高辛王幾次派人上山尋訪他們的蹤跡，但每次去都是天昏地暗，風雨交加，地動山搖，無法找到他們。

23 幾年後，盤瓠和妻子生下了六個男孩和六個女孩。他們一直過着幸福快樂的日子。

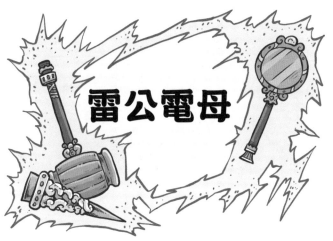

雷公電母

住在雷澤的雷神怠忽職守、危害百姓，被黃帝處死了。

1 雷神死後，他的一個親戚成了繼任者。新任雷神尖嘴猴臉，長有翅膀，性情很暴躁，只要有人犯法，他就用槌楔行雷將其打死。

2 雷神的職責是懲惡揚善，但他性格暴躁，工作常常出現差錯，有好些人沒有犯錯，卻被誤殺。

3 當時，民間有一個寡婦，她出嫁沒多久，丈夫就病逝了，但她沒有改嫁，而是留下來照顧已經年邁的家姑。

4 婆媳倆平日裏靠織布勉強度日。可是，沒過幾年，家姑的眼睛越來越不好，只能靠寡婦一個人幹活來維持日常的開銷。

5 一天，家姑病倒了，一連吃了好幾天湯藥也不見好轉。她病得昏昏沉沉的，口裏不停地說：「我想吃肉……肉……」

6 寡婦發愁了，家裏都窮得揭不開鍋了，哪裏有錢去買肉呢？最後，她實在沒辦法，只得從自己腿上割下一塊肉來。

7 寡婦用這點肉熬了碗肉湯，送去孝敬家姑。可家姑已經沒有多少牙齒，這肉又堅韌得很，哪裏咬得動呢？

8 吃了幾口，家姑生氣了，就指着媳婦罵道：「我平日待你那麼好，你竟讓我吃這樣的肉，真是沒良心！」

9 家姑越說越激動，生氣地喊道：「天上的雷神啊，把這惡婦劈死吧！」沒想到，雷神把這話當真，拿起槌楔就將寡婦打死了。

10 寡婦死後，家姑拖着病軀為媳婦辦理後事，她驚訝地發現，媳婦的腿上竟然少了一塊肉。

11 她這才明白自己錯怪了媳婦。她淚流滿面地跪在地上乞求雷神：「雷神啊，都怪我，是我讓媳婦白白冤死了，請救救她吧！」

12 雷神也對自己的失誤感到非常懊悔，便去天庭請求黃帝給寡婦一個復活的機會，可是黃帝堅決拒絕了。

13 雷神沒辦法，只得求黃帝賜寡婦做自己的妻子，這樣她就能復活成為天神。黃帝見他如此誠心，很受感動，點頭答應了。

14 就這樣，寡婦成了電神。她怕丈夫工作再出差錯，所以每次雷神發雷前，她都手持鏡子，先行探照，分辨善惡是非。

15 從此以後，世間的人聽到雷響前，總會看到天上電光一閃。雷神這對夫妻搭檔，也因此被人們稱為「雷公電母」。

后羿射日

十個太陽一齊出現在天空，把百姓烤得實在受不了，后羿便下凡射下了其中九個。

1 傳說，東方天帝和太陽女神羲和（義，粵音希）結婚後，生下了十個活潑可愛的兒子，也就是十個太陽。

2 在遙遠的湯谷，有一棵名叫扶桑的大樹。扶桑樹有幾千丈高，長了許多枝條，十個太陽就住在這棵樹上。

3 他們其中九個住在較矮的樹枝上，一個住在較高的樹梢上。每天黎明，樹梢上的太陽升上天空，把光和熱灑向人間。

4 十個太陽井然有序地輪流值日，天地萬物一片和諧。地上的人們日出而作，日落而息，生活得非常幸福。

5 可是時間長了，太陽們覺得這樣的工作方式有些無聊。這天晚上，他們背着羲和去湯谷泡澡，還商量出一個惡作劇。

6 第二天，十個太陽集體跑到天上，他們互相追逐打鬧，玩得開心極了。

7 可是，人間根本承受不了十個太陽的炙烤。很快，河流乾涸了，莊稼枯萎了，人們都熱得受不了。

8 天帝得知十個太陽的惡作劇後，就讓義和去制止他們。可是，義和見兒子們玩得那麼開心，不忍心把他們叫回去。

9 天帝無奈，只好把天神后羿叫來，對他說：「我的那些孩子們胡鬧，你下去教訓教訓他們吧，不過也不要太為難他們。」

10 說完，天帝又賜給后羿一張神弓和一袋箭。后羿領了旨命，帶着他的妻子嫦娥一起離開了天庭。

11 后羿夫妻來到人間後，堯帝馬上陪同他們四處巡視災情。只見在十個太陽的炙烤下，地上草木枯萎，人們奄奄一息。

12 后羿向太陽們喊話，要他們馬上回家，可是這些頑皮的太陽完全不搭理他。

13 這麼一來，后羿真的生氣了。他說：「哪怕你們是天帝的兒子，只要與百姓為敵，我就要收拾你們。」

14 說完，后羿舉起神弓，搭上一根箭，對準天上的一個太陽，嗖地一箭射了過去。

15 后羿的神箭又快又準，那個太陽如同一個火球一樣爆裂了，四周還有羽毛亂飛，接著一個東西掉了下來。

16 人們走過去一看，是一隻三足烏鴉。原來那就是太陽的化身。人們再抬頭看看天上，發現只剩下九個太陽了。

17 看到后羿真的敢朝他們射箭，太陽們嚇壞了，東一個西一個地倉皇逃走。

18 后羿又嗖嗖嗖地射出幾箭。太陽化身的三足烏鴉便一隻隻地墜落下來，人們見了無不歡呼叫好。

19 很快，天上就只剩下一個太陽了，他嚇得瑟瑟發抖，不停地向后羿求饒。

20 在一旁的堯帝過來阻攔后羿說：「人們需要太陽的光明和溫暖，不能把太陽全都射下來啊！」

21 后羿聽了，便停了下來。不過，他要求太陽每天必須早上升起，晚上降落。太陽答應了。從此，他就按后羿所說，按時升降。

22 天上只有一個太陽了，大地很快便恢復往日的生機，人們也終於可以安心耕種勞作。

23 后羿成了人們心目中偉大的英雄，天帝卻對后羿射死自己兒子的行為懷恨在心，沒過多久就將后羿和嫦娥貶為了凡人。

嫦娥奔月

后羿從西王母那裏求來仙藥，準備與妻子一起服下，沒想到這事被他的徒弟逢蒙知道了……

1　后羿被貶下人間後，許多年輕人因佩服他高超的射箭技術，紛紛拜入他的門下。

2　在這些徒弟中，逢蒙最討后羿喜歡，因為他很有射箭天賦，而且為人熱情。可惜，后羿不知道，逢蒙是個心術不正的傢伙。

3　除了教徒弟射箭，后羿平時還上山打獵。妻子嫦娥則在家中操持家務。日子雖然不富裕，但他們過得很幸福。

4 可是有一天，后羿發現自己鬢間長出了幾根白髮，他驚訝又惶恐，心想：我和嫦娥已是凡人，以後會被病痛折磨，也會死去。

5 從那以後，后羿便寢食難安。他怕自己會死，怕妻子會死，更怕他們夫妻二人從此分離。他思來想去，決定去求西王母幫忙。

6 后羿辭別妻子後，直奔西王母所在的崑崙山。崑崙山山高路遠，不是凡人可以輕易到達的地方，后羿卻不畏艱險。

7 歷盡千辛萬苦後，后羿終於來到崑崙山，見到了西王母。西王母同情他的遭遇，送給他一顆仙藥。

8 后羿跪在地上，請求西王母再賞賜一顆。西王母說：「我只剩這一顆了。這藥一個人吃可成仙，兩個人分着吃可長生不老。」

9 后羿聽了，便拜謝而去。一回到家，他就將西王母賜藥之事告訴了妻子，並把仙藥交給她保管，準備擇日分吃仙藥。

10 后羿與嫦娥的話，恰好被前來拜訪后羿的逢蒙聽得一清二楚。聽到有仙藥，他頓時起了貪念，打起了壞主意。

11 農曆八月十五這天，后羿帶徒弟們去山林裏練習射箭。逢蒙謊稱肚子不舒服，沒有參加訓練。

12 后羿前腳剛走，逢蒙就直奔后羿家中。他一腳踢開門，抽出一把寒光閃閃的匕首，惡狠狠地對嫦娥說：「把仙藥交出來！」

13 「我們沒……沒……」嫦娥話還沒說完，逢蒙已將匕首架在了她的脖子上。嫦娥迫於無奈，只得用手指了指屋內的箱子。

哈哈哈

14 逢蒙將箱子裏的衣物全都翻了出來，終於在箱子底下找到了那顆仙藥。他拿着仙藥，得意地哈哈大笑起來。

15 嫦娥不想讓仙藥落入逢蒙這個心術不正之人手中，便趁逢蒙不備，一把奪過了那顆仙藥。

16 仙藥被搶了，逢蒙又急又氣，忙轉身去奪。嫦娥情急之下，將仙藥一把塞入了口中。

17 逢蒙拿起匕首就刺向嫦娥。嫦娥一路逃出家門，一不小心將含在嘴裏的仙藥吞了下去，頓時覺得身體變得輕飄飄的。

18 她不由自主地飛了起來，越過樹梢、房子，一直向月亮飛去。逢蒙氣得咬牙切齒，但又沒有辦法，只好趕緊逃跑了。

19 晚上，后羿高高興興地打獵回來，卻發現家裏一片狼藉，妻子也不見了。他嚇得連手裏的獵物也掉落在地。

20 他大聲呼喊着妻子的名字，跑出了家門。清冽的月光之下，一切清晰可見，就是不見妻子的蹤影。

21 忽然，后羿一眼瞥見月亮之上好像有一個女子的身影，再仔細一看，那不就是自己的妻子嫦娥嗎？

22 后羿又驚又喜，拼命地朝月亮追去，可是他走一步，月亮也走一步，他怎麼也追不上，急得都快哭了。

23 嫦娥見了也忍不住落淚，但她再也回不到人間了，在月宮中只有一隻兔子與她為伴。直到今天，她還待在清冷的月宮中呢！

后羿和宓妃

嫦娥離開人間後，后羿邂逅了美麗的宓妃（宓，粵音服），他為宓妃的悲慘遭遇感到憤憤不平。

1 宓妃是伏羲的女兒，她因留戀洛河的美景，降臨人間，加入到洛河附近的有洛氏部落，並教會部落裏的人結網捕魚、狩獵養畜。

2 閒暇時，宓妃常在洛河邊彈琴。一天，黃河水神河伯被琴聲吸引，化作一條白龍，來到了洛河。他對美麗的宓妃一見傾心。

3 河伯想：天下竟有這樣美麗的女子，我一定要娶她做我的妻子。想到這兒，他從水中飛騰而起，將宓妃強擄走了。

4 宓妃被帶到黃河的水府深宮，被迫與河伯成了婚。她根本就不愛河伯，但又逃不出河伯的魔掌，因此終日鬱鬱寡歡。

5 這天，河伯外出了，宓妃又彈起琴來。當時，后羿剛失去嫦娥，心情鬱悶，在附近打獵散心。聽見河中傳來琴聲，他十分疑惑。

6 於是，他潛入了黃河中，一探究竟。宓妃見有陌生男子來到水府深宮，十分害怕，聲音顫抖地問后羿是誰。

7 得知后羿是射日英雄，宓妃這才放下戒備，向他哭訴自己的遭遇。后羿越聽越氣憤，決定將她解救出去。

8 蝦兵蟹將見后羿要帶宓妃離開，急忙上前阻攔。后羿將牠們一一射倒，然後帶着宓妃一起回到了有洛氏部落。

9 河伯回到水府深宮，聽說后羿帶走了宓妃，氣得火冒三丈。他氣憤地說：「我一定要讓他們付出代價！」

10 河伯立刻化作一條白龍，潛入洛河，掀起滔天巨浪。洛河附近的田地、村莊全都被淹沒了，人們驚叫着往高處逃去。

11 后羿與眾人逃到山頂，望見白龍正在河中興風作浪，他連忙彎弓搭箭，朝牠射去。只聽一聲慘叫，河伯的一隻眼睛中了箭。

12 河伯自知不是后羿的對手，只得倉皇而逃。他騰雲直奔天庭，去天帝那裏討個說法。

13 沒想到，天帝聽說此事後，一點兒也不同情他，反而大發雷霆，當場追究他危害百姓的罪責。

14 河伯被治罪後，后羿與宓妃便在有洛氏部落定居下來。天長日久，兩人漸生情愫，便結為了夫妻，一起領導有洛氏族人。

15 後來，天帝感激他們夫妻二人的功勞，封后羿為宗布神、宓妃為洛神，讓他們守護洛河兩岸的百姓。

仁厚的舜帝

堯將王位禪讓給了沒有血緣關係的舜，舜身上到底有哪些素質打動了他呢？

1 堯在位時，媯水（媯，粵音龜）邊有戶人家，當家是一個叫瞽叟（粵音古叟）的瞎子。他的妻子生下一個叫舜的男嬰後就去世了。

2 後來，瞽叟又娶了一個妻子，還生了一個兒子，取名叫象。後母常在瞽叟面前說舜的壞話，久而久之，瞽叟也對舜厭惡起來。

3 舜十多歲時，被趕出了家門。他無依無靠，只得在媯水附近的歷山山腳下，搭了一間茅草屋，開墾些荒地，獨自謀生。

4 歷山很偏僻,因此少有人來此處耕種。舜默默地耕田種地,沒有牛,便馴服野象幹農活。很快,舜的農作物就長得綠油油的。

5 附近的百姓聽說歷山的耕種條件不錯,也來到此處開荒。

6 舜無論幹什麼農活,都做得又快又好,而且他天生一副熱心腸。大家都很喜歡舜,紛紛搬來歷山和他做鄰居。

7 一年後,荒蕪的歷山變成了一個小村落;第二年這裏成了一個熱鬧的鄉鎮;到了第三年,這裏已變成一座繁華熱鬧的城市。

8 當時，堯正在尋找賢人繼承自己的王位，他的下屬紛紛向他推薦有才德的舜。

9 堯把舜找來，問他天下大事，舜回答得頭頭是道。堯很滿意，把兩個女兒——娥皇、女英嫁給他，並打算繼續對他進行考察。

10 舜的父母和弟弟聽說這件事後，妒火中燒。象還說：「舜這小子成了帝王的女婿，越來越囂張了，真想好好教訓教訓他。」

11 有一天，象去找舜，說家裏的穀倉房頂破了個洞，請舜回去幫忙修一下。舜毫不猶豫地答應了，說第二天就過去。

12 娥皇、女英怕象會謀害舜，勸舜不要去，可舜不肯聽。她們沒辦法，只好取出一件繡着鳥形彩紋的衣服給舜，囑咐他第二天穿上。

13 第二天，舜穿着那件彩衣來到父親家，身手敏捷地爬上穀倉房頂幹起活兒來。他只顧着埋頭幹活，沒注意到象把穀倉點燃了。

14 等他察覺時，烈火已經快燒到房頂了。他打算順着梯子爬下去，卻發現梯子早已經被象扛走了。

15 舜急得就像熱鍋上的螞蟻，最後只好咬牙從房頂上跳了下來。沒想到，他瞬間化作了一隻彩色的大鳥，從火海裏飛了出來。

16 狠毒的象一計未成，又生一計。這次，他怕舜不上當，讓瞽叟親自去請舜幫忙挖一口井。舜又答應了。

17 娥皇、女英怕舜再遭不測，在舜出門前，讓他穿了一件繡着龍形彩紋的衣服在裏頭，並囑咐他遇到危險時就脫掉外面的衣服。

18 舜來到父親家後，就開始挖井。挖到近十米深時，一塊石頭忽然從他的頭頂掉落。舜抬頭一看，見象和父親正往井裏丟石頭。

19 舜吃了一驚，忙躲避到一旁。他想起臨出門時兩位妻子說過的話，便把穿在外面的衣服脫了下來。

20 衣服一脫，舜瞬間就化作了一條銀光閃閃的蛟龍。他一頭鑽入了地下的泉水中，然後從另一口井中鑽了出來。

21 象和瞽叟填好井後，自以為得手了。一家人在商量如何瓜分舜的財產時，變回人形的舜忽然推門而入，把他們嚇得魂不附體。

22 經過這些事後，這一家人覺得舜如有神助，再也不敢謀害舜了，從此對舜恭恭敬敬。舜非常大度，沒有記恨他們。

23 堯知道舜的事蹟後，覺得舜品行高尚、寬厚仁慈，是繼承王位的最佳人選，便選了個吉日，將王位禪讓給了舜。

湘水女神

舜帶領軍隊前往九嶷山除惡龍，卻一直沒有回來，他的兩個妃子決定親自去尋找他。

1 舜是一位明君，他當政時，政治清明，天下太平，百姓安居樂業。

2 舜晚年的時候，南方的九嶷山出現了九條惡龍。牠們住在山上的岩洞中，時常到湘江戲水玩樂，以致洪水暴漲，農田被淹。

3 舜聽說此事後，決定親自去除掉這九條惡龍。娥皇、女英也想一同前去，但舜斷然拒絕了，她們只好留在家中等舜歸來。

4 可是，一年又一年過去了，舜不但沒回來，而且杳無音訊。娥皇、女英終日焦慮不安，商議許久後，她們決定一起去尋找丈夫。

5 娥皇、女英尋夫心切，即使颱風下雨，也堅持趕路。一路上，她們吃盡了苦頭。

6 幾個月後，她們終於來到了九嶷山附近。她們尋遍了每一個村莊，逢人便問有關舜的消息，可還是沒打聽到舜的下落。

7 這天，她們來到了一個叫三峯石的地方。在路邊，她們看到一座用珍珠和貝殼疊成的墳墓，墳墓四周還有翠竹環繞。

8 是誰的墳墓修建得如此華麗？娥皇和女英覺得好奇，便詢問當地的鄉親。沒想到，鄉親們竟然告訴她們，那是舜的墳墓。

9 原來，舜帶領軍隊來到九嶷山後，日夜布陣，與那九條惡龍展開了九天九夜的廝殺。九條惡龍抵擋不住，最後通通被斬殺了。

10 舜殺死惡龍後，勞累過度，生了重病。臨終前，他怕妻子傷心，吩咐手下別將這個消息告訴妻子，還讓他們將自己葬在當地。

11 當地的百姓感激舜的恩情，特地為他修建了一座墳墓。九嶷山上的仙鶴也被舜打動，紛紛衝來珍珠和貝殼放在他的墳墓上。

12 聽到這個噩耗，娥皇、女英如五雷轟頂，悲痛欲絕，紛紛哭倒在舜的墳墓前。

13 她們哭了三天三夜，淚水灑在墳墓四周的竹子上，形成了點點淚斑。有的竹子還有鮮紅的血斑，那是她們的血淚染成的

14 後來，娥皇、女英悲傷過度，雙雙跳入了湘江。

15 她們死後成了湘水女神，守護一方百姓。她們是舜的妃子，因此被稱為「湘妃」，那些有著淚斑的竹子也由此得名「湘妃竹」。

小朋友請記得，我們不是神話人物，
這樣做是不會成為神仙啊！

丹朱化鳥

堯將君主之位禪讓給了舜，他的長子丹朱及其支持者非常不滿，發起了一場叛亂。

1 堯節儉樸素，體恤百姓，舉賢任能，因此很受百姓愛戴。

2 堯的長子丹朱卻是個暴虐之徒。堯沒時間管教他，他就常常自己溜出去遊玩，而且每次出去，都要帶上一羣奴僕。

3 稍有不順心，丹朱便對這些奴僕大打出手，完全不顧他們的死活。

4 那時候，四處洪水氾濫，丹朱卻對百姓的苦痛無動於衷，每次他乘船時看到洪水吞沒百姓的田地、房屋，都會拍手大笑。

5 後來，洪水退去了，丹朱便讓手下推着船隻在陸地上走。看到推船的人汗流浹背、氣喘吁吁的樣子，他就高興得不得了。

6 堯見丹朱性情暴虐，感到很憂慮。為了陶冶丹朱的性情，堯特意發明了圍棋。

7 起初，丹朱還對圍棋這種新鮮事物感到好奇，可沒過多久，他就厭倦了這玩意兒，把棋盤一摔，又去找朋友玩了。

8 堯不讓丹朱出門，丹朱便把朋友請到家裏來，夜夜笙歌，縱情聲色。

9 後來，堯覺得丹朱無法擔當國家重任，將國君之位禪讓給了舜。堯怕丹朱再惹出事來，索性將他放逐到南方的丹水做諸侯。

10 那時，南方有個叫三苗的部族，他們是丹朱的支持者。聽說堯將王位讓給了舜，他們非常生氣，首先起來反對堯。

11 面對叛軍的突然來襲，堯並不慌張。他派出一支勇猛的軍隊迎戰，很快就將叛軍打得丟盔棄甲，落荒而逃。

12 叛軍一路逃到丹水,與丹朱會合。他們不斷暗中發展自己的勢力,沒過多久,又捲土重來,殺向中原。

13 這次,堯親自迎戰。丹朱有一支水軍,士兵們個個都可以在水面上行走,如履平地。堯的軍隊被這支水軍打得措手不及。

14 堯便改變策略,先擊敗三苗部族的陸軍,切斷他們對丹朱水軍的支援。

15 然後堯再運用計謀,把丹朱的水軍也一舉擊潰。這場叛亂終於被平定了。

16 丹朱戰敗後，帶着他少數的部眾，逃到了南海。他覺得很羞愧，就投海了。

17 丹朱之後化作了一隻奇怪的鳥。這隻鳥的模樣很像貓頭鷹，卻長有像人手一樣的爪子。

18 後來，丹朱的子孫們在南海附近建立了讙朱國（讙，粵音歡）。國民長相也很奇特，他們長着人臉鳥嘴，背上還長有翅膀。

19 在讙朱國附近，還有一個三苗國，國民都是當年同丹朱一起造反的三苗族的子孫。他們腋下長有小翅膀，但不會飛行。

鯀化黃龍

人間洪水氾濫，天神鯀（粵音滾）不忍看百姓受苦，便盜了息壤去平息水患。

1 很久以前，由於人們做錯事惹惱了天帝，天帝為了懲罰他們，便命水神共工引發洪水。

2 共工得到這個機會，很是高興，使出渾身解數大發洪水。這樣一來，大地便成了一片汪洋，人們只得逃到山上避難。

3 天神鯀看見人間的慘像，非常同情，多次向天帝求情，請天帝收回洪水，可是天帝固執地拒絕了。

4 見天帝不聽勸解，鯀只好另想辦法來幫助人們治理洪水。可是，他左思右想，也沒有想出好的辦法來。

5 就在鯀一籌莫展時，一隻烏龜和一隻貓頭鷹對鯀說：「要想治理這麼大的洪水，辦法只有一個，那就是用息壤來堵。」

6 原來這息壤是天帝的寶物，能夠生長不息。天帝把息壤放在他的寶座下面藏着，從不輕易拿出來使用。

7 鯀一心想救天下百姓，於是冒着被嚴懲的危險，找機會把息壤偷了出來。

8 拿到息壤後，鯀就匆匆忙忙地離開了天庭，準備下到人間去。貓頭鷹和烏龜也決定一同前往。

9 那息壤果然有用，鯀只灑下了一點兒，它便越長越多，積聚成一座座像山一樣的堤壩。很快，洶湧的洪水就被堵在了堤壩之外。

10 洪水終於被堵住了，陸地重新露了出來。逃到山上的人們又重新回到他們的家園，準備蓋房子、種莊稼。

11 然而，天帝很快就發現鯀盜了息壤。他大發雷霆，立即派火神祝融到人間去殺死鯀，還拿回了剩餘的息壤。

12 沒過多久，洪水又開始氾濫起來，人們又陷入了災難之中。可是，鯀已經死了，息壤也被天帝收回去了，誰也幫不了他們。

13 再說鯀，他死後，由於治水未成，因而精魂不散。他的肚子裏孕育了一個小生命，希望將來能完成他未竟的治水事業。

14 轉眼三年過去了，鯀的屍體不但沒有腐爛，肚子還變得越來越大。天帝怕會生出事端，便派人把鯀的肚子剖開。

15 肚子一被剖開，就有條虬龍（虬，粵音求）飛出，牠就是後來治水的禹（粵音雨）。鯀生下禹以後，也變成了一條黃龍，游進了深淵。

大禹治水

虯龍禹長大後化作了人。他被任命去治理洪水，最終完成了鯀的遺願。

1 大地被淹沒十多年後，天帝才漸漸悔悟到不該用洪水去懲罰人們，於是他找到了禹，讓禹去治理洪水。

2 禹接受了任務，並請求天帝借息壤給他堵塞洪水。天帝爽快地答應了，還讓應龍做禹的副手。

3 禹拿了息壤，帶着應龍來到了人間。這時，水神共工鬧得正高興呢。他把洪水從西方掀騰起來，一直淹到東海岸邊。

4 禹勸共工趕緊收手，共工卻不搭理他。禹勃然大怒，在會稽山與共工展開了激烈的廝殺。最後，共工落敗，灰溜溜地逃走了。

5 之後，禹開始了治水工程。每天，禹都不辭辛苦地來往於各個治水工地。在他身後總有一隻神龜背着息壤供他隨時取用。

6 很快，那些極深的洪水就被填平了，人們居住的地方也被加高了，那些被加得特別高的地方就成了今天的四方名山。

7 禹常常四處考察地形。經過一番考察，他發現洪水是堵不住的，只有疏通水道，讓水順着水道流走，才不會四處漫溢。

8 於是，禹叫應龍用尾巴劃地，他自己與眾人沿着應龍尾巴劃過的地方開鑿水道，把洪水引走。

9 禹來到黃河治水時，河伯突然跳了出來，交給他一塊石頭。原來，那塊石頭上面繪製了一幅河道的地圖。

10 禹高興地接下了河道圖，他就可以按照河道的走勢開鑿水道，快速將水分流出去了。

11 不過，水沒有流出多遠，又被前方的龍門山擋住了去路。禹只得率領眾人對龍門山進行開鑿。

12 一天，在開鑿龍門山時，禹偶然發現了一個岩洞。岩洞很深，禹舉着火把朝裏走，卻見裏面有一個殿堂，伏羲正坐在那裏。

13 伏羲對禹的治水工作非常支持，他從懷裏掏出一塊長方形的玉簡交給禹，説：「這東西可以丈量天地。」

14 有了玉簡，禹終於能丈量出河道之間的距離，開山鑿渠就能找出最優良的路線，節省了大量的時間。

15 就這樣，前後經歷十三年的時間，禹終於治理好水患，完成了鯀的遺願。後代稱頌禹治水的功績，尊稱他為「大禹」。

禹化熊開山

在治理洪水的過程中，禹事事親力親為，甚至化為一頭熊去開山劈石。

1 禹接受治水任務後，一門心思撲在這事上，每天早出晚歸，直到三十歲還沒有結婚。

2 當禹來到塗山治水的時候，他偶然看到了一隻九尾白狐狸。這隻狐狸讓禹忽然想起了當地的一首民謠。

3 「誰見了九尾白狐，誰就能做國王；誰娶了塗山的女兒，誰就家道興旺。」禹決心按民謠所說的，娶一個塗山女兒為妻。

④ 正巧，塗山的首領有一個女兒名叫女嬌。女嬌長得美麗大方，禹一見她就覺得很合心意，而女嬌也對治水英雄禹一見傾心。

⑤ 禹和女嬌情投意合，很快就結了婚。不過，禹只跟女嬌一起生活了三天，就離開她到別的地方治理洪水去了。

⑥ 不久，女嬌發現自己懷孕了。她十分想念丈夫，便到治水前線去探親。禹那時正帶領眾人打通山體，好讓水流過去。

⑦ 女嬌見禹整天在山上與大家開山鑿石，也想去幫忙。禹便找來一面鼓，囑咐女嬌聽見鼓響就給他送飯過來。

8 一天，禹見山上的大石頭怎麼鑿也鑿不開，便化作一頭大熊，不停地用嘴去拱，用四肢去扒那些大石頭。

9 突然，一塊被大熊扒下來的大石頭打中了放在一邊的鼓。只聽咚的一聲，女嬌以為是鼓響了，連忙提了籃子去送飯。

10 女嬌來到山上，卻看見一頭大熊正在那裏拚命地拱啊扒啊，嚇得大叫一聲，扔下飯籃就往回逃。

11 禹聽見妻子的叫聲，連忙停止工作，想要跟她解釋誤會。可是，他一着急就忘記變回原形，直接追了上去。

12 女嬌見熊對自己緊追不捨，心裏更加驚慌，腳下也跑得更快了。她跑啊跑啊，一直跑到了嵩高山的山腳下。

13 這時，女嬌已經無路可走了。情急之下，她搖身一變，變成了一個石頭人。

14 禹在驚嚇之下，變回了人形，撲上去呼喊妻子的名字。忽然，石頭人破裂開來，一個胖乎乎的男娃娃從裏面蹦了出來。

15 就這樣，禹失去了妻子。他給新生的兒子取名為啟。後來，舜將工位禪讓給了禹。啟長大後繼承了禹的王位。

神女瑤姬

瑤姬下凡遊歷，殺死了十二條惡龍，沒想到竟引來一場洪水。

1 瑤姬從小就跟着西王母在仙宮中修煉，習得一身千變萬化的仙術。

2 一日，瑤姬閒來無事，想到人間遨遊一番，便騰雲離開了仙宮。一路上，她飽覽人間美景，心情舒暢。

3 可是，當她來到長江巫山一帶時，卻見大雨傾盆，巨浪滔天，江上的大小船隻被巨浪掀得東倒西歪，幾近沉沒，到處是啼哭哀號。

④ 瑤姬定睛細看，只見有十二條惡龍正在此興風作浪。她忙施展出仙術對付惡龍。一番打鬥後，惡龍們紛紛喪命，落入江中。

⑤ 不一會，雨停雲散。可是惡龍們的屍體化作了十二座高山，攔住了洶湧奔騰的江水。

⑥ 江水不斷上漲，漫過江岸，淹沒了田地、房屋，無情地將兩岸的百姓席捲而去。

⑦ 就在這時，治水英雄大禹來了。他揮動神斧，用力朝十二座大山劈去，但惡龍屍體變成的岩石非常堅硬，大禹怎麼都劈不開。

8 瑤姬敬佩大禹百折不撓的精神，找來自己的六位侍臣幫忙。

9 六位侍臣施展神力，或用閃電轟，或拿巨雷劈，很快就將這十二座高山打開一道大缺口，江水得以繼續奔流，暢通無阻。

10 大禹十分感激瑤姬，他望見瑤姬站在巫山頂上，便決定上山向她當面道謝。沒想到，他才走了幾步，瑤姬就化作了一塊青石。

11 他揉揉眼睛再看，那塊青石又化作一隻鳳凰飛走了。大禹只好作罷。

12 洪水退去後，瑤姬發現惡龍的部分骨頭化作了江水中的礁石，船隻一旦觸礁，就會被翻騰的波濤吞沒。

13 瑤姬很為百姓擔憂，因此特地召來上百隻神鳥，讓牠們飛在峽谷的上空，引導船隻避開礁石，安全行駛。

14 但她還是不放心，每日站在高崖處眺望江面，希望及早發現險情，挽救百姓的性命。

15 天長日久，神女瑤姬竟不知不覺化作了一座高聳俊秀的山峯。那座山峯也就是現在長江三峽著名的神女峯。

巨人防風氏

巨人防風氏曾跟隨禹治水，後來他犯下大錯，被禹誅殺。

1 南海防風國首領防風氏是一個巨人，身高三丈有餘。禹治水時，派他到四明山築壩攔洪。

2 防風氏帶人在四明山築好壩後，十分得意，將頭枕在山巔，腳擱在大壩上，舒舒服服地睡起大覺來，打鼾聲震天動地。

3 他睡着睡着，忘了自己身在何處，隨意地翻了個身，把腳一蹬，那剛建好的大壩瞬間被踹倒了大半，洪水嘩啦啦地湧向低處。

4 聽到洪水轟隆隆的聲響和人們撕心裂肺的驚叫聲，防風氏這才從睡夢中驚醒。他趕緊起來帶領手下重新修建大壩。

5 一直忙到第二天下午，大壩才終於修好，防風氏鬆了一口氣。

6 忽然，他一拍腦袋，驚叫道：「糟了！」原來，今天禹在會稽山召集眾人商議治水的事，這會兒會議都差不多結束了。

7 防風氏急急忙忙地往會稽山跑，等他趕到時，太陽都落山了。禹黑着臉問他：「你耽誤了治水大事，該當何罪？」

8 防風氏滿臉慌張，以為毀壞大壩的事情被禹知道了，急忙躬身請罪：「都怪我一時疏忽，毀了修好的大壩，害得百姓……」

9 禹本就因為防風氏遲到，憋著一肚子氣，聽到防風氏還幹出了這樣的蠢事，氣得頭頂都要冒煙了，當場就判處防風氏死刑。

10 防風氏自知釀下大錯，不再爭辯，跟隨劊子手到了刑場，垂頭喪氣地跪在地上。可就算這樣，劊子手的個頭還不到他的腰呢。

11 禹派人築了一道高堤，讓劊子手站在堤上行刑。劊子手揮刀砍向防風氏的脖頸，可一刀下去，刀鋒被崩出幾個口子。

12 禹只得讓人造了一把沉重鋒利的斧頭，並另外選了一個力大無窮的大力士去當劊子手，這才把防風氏巨大的頭顱砍下來。

13 防風氏死後，禹讓部下將他埋在會稽山下。他的墳墓就像是一座小山。

14 據說到了春秋戰國時期，吳國和越國發生戰爭，越王被圍困在會稽山，他的部下從山裏掘出一節大骨頭來。

15 其實，那就是防風氏的腿骨，豎起來有一棵樹那麼高。大家都不知道那是什麼骨，還用馬車把它運回去研究呢。

貫胸國

禹殺了防風氏，惹怒了防風國的人。等他巡視到防風國時，有人意圖刺殺他。

1 禹登上王位後，將國家治理得井井有條。天上有兩條神龍對禹很敬佩，於是牠們結伴下凡充當禹的侍衛。

2 看到兩條神龍下凡幫助自己，禹喜笑顏開，讓他們做了自己的駕車之神。

3 禹常常讓大臣范成光為自己駕車，周遊各國。神龍騰雲駕霧，不一會兒便能到達千里之外。

④ 禹乘車遊覽了許多國家，如大人國、小人國、女子國等，每到一處他都覺得無比新奇，收穫頗多。

⑤ 這天，禹計劃途經防風國。出發前，范成光勸他換條路線，說防風國的國民都因為防風氏之死，懷有報復之心。

⑥ 禹不聽勸告，執意前行。他剛進入防風國境內，就被盯上了。兩個武士打扮的人正立在高山之上，拉弓搭箭等他走近。

⑦ 兩條神龍感覺到異樣，突然舞動腳爪，噴出火焰，垂直朝天上飛去。就在那一瞬間，狂風驟起，山上的兩人被吹得東倒西歪。

8 那兩人是防風國的臣子，他們知道禹有神靈相助，此次行刺註定不可能成功了，便拔刀刺向自己的胸口，表示自己的志向。

9 兩人倒下後，禹的車駕落了下來。禹被兩名刺客的忠義所打動，親手拔下他們身上的刀，並掏出不死藥塗抹在他們的傷口上。

10 那兩個人很快就醒來了，但他們胸口的傷口卻再也不能復原。他們向禹道過謝後，羞愧地離開了。

11 他們沒回防風國，而是去別的地方建立了一個新的國家。由於他們的後代胸口都有個洞，所以這個國家被稱為貫胸國。

小朋友請記得，現實不是神話，並沒有不死藥，如果我們胸口有個洞，可是活不了。千萬不要傷害自己啊！

玄鳥生商

相傳，商民族的祖先叫契，是玄鳥的後代。

1 高辛王當政時，北方的「有娀族」（娀，粵音鬆）經常侵犯邊境，百姓苦不堪言。

2 為了國家的和平，高辛王決定與有娀族進行和親。有娀族首領的大女兒叫簡狄，小女兒叫建疵，都長得非常美麗。

3 高辛王娶了她們兩個為妻。他很寵愛這兩個妃子，特地為她們建造了一座華麗的宮殿，讓她們無憂無慮地生活在那裏。

4 高辛王忙於政事，常常派一隻玄鳥去看望她們。這隻玄鳥活潑可愛，整天在姐妹倆頭頂不停地盤旋，嘰嘰喳喳叫個不停。

5 一天，簡狄、建疵正閒得無聊，見玄鳥又來了，便上前追着牠嬉戲。玄鳥時而高飛，時而低翔，姐妹倆追得氣喘吁吁的。

6 簡狄非常聰明，讓侍女給她拿來了一隻竹筐。她拿着這隻竹筐，跟在玄鳥身後，猛地一罩，玄鳥便被困在了裏面。

7 她對建疵說：「我捉到那隻玄鳥了！」建疵不信，要姐姐掀開竹筐給她看。沒想到才掀開一條縫，玄鳥便逃了出去。

8 簡狄見玄鳥飛走了，很失望，將竹筐拿了起來。「玄鳥蛋！」建疵興奮地喊道。簡狄一看，地上果然有兩個小小的五彩蛋。

9 簡狄和建疵對這兩個鳥蛋愛不釋手，為了佔有它們，姐妹倆爭吵不休。

10 兩人爭得面紅耳赤，簡狄一怒之下，將兩個鳥蛋搶過來，放了在嘴裏。不料，她將其中一個鳥蛋咕嚕一聲吞下了肚子。

11 從那以後，簡狄便時常覺得肚子不舒服，而且肚子也變得越來越大。

12 十個月後，簡狄生下了一個男嬰，取名為契。據說，這個男嬰是自己扒開母親的肚子鑽出來的。

13 契長大成人後，先後在堯和舜的手下擔任掌管教育的官職，做得十分出色，深受賞識。

14 他還曾幫助大禹治理洪水，而且很有成效，因此百姓都非常愛戴他。

15 後來舜給了他一塊封地，這個地方日後成了夏朝的屬國——商，而契就是商民族的祖先，後代子孫尊稱他為「玄王」。

伊尹的傳說

伊尹是商朝名臣，他的出生和經歷都充滿着神秘色彩。

1 夏朝末年，東方的「有莘國」境內有一條名為伊水的河流。在伊水上游的一個村莊裏，有一位即將臨盆的孕婦。

2 這天，孕婦做了個奇怪的夢。在夢中，天神對她說：「臼一旦出水，你就要往東方逃，切記不要回頭！」

3 第二天，孕婦起床後，果然看見家中的臼白平白無故地湧出很多水來。

4 她吃了一驚，立即將那個奇怪的夢告訴村民們。那時候，大家都非常敬畏鬼神，因此對她的話深信不疑，決定立刻逃往東方。

5 大家收拾好行裝，帶上一家老小，就頭也不回地往東邊跑，一連跑了十多里，也不敢停下來稍微歇息一會兒。

6 可是孕婦惦念自己的家園，忍不住回頭看了一眼——哎呀，只見村莊已成了一片汪洋。她還沒來得及呼喊，洪水已朝她撲來。

7 剎那間，她化作了一棵空心老桑樹。這棵樹站在洪水中，抵擋洪水的衝擊。漸漸地，肆虐的洪水竟像被馴服了一樣，慢慢退去。

8 過了些日子，一位採桑女來此處採桑時，聽見一陣陣嬰兒啼哭。她循聲去找，竟在那棵老桑樹的空心樹幹裏發現一個男嬰。

9 採桑女把男嬰抱回去獻給了有莘王。有莘王見這孩子活潑可愛，便將他賜給御廚做養子，並為他起名伊尹。

10 伊尹從小在御廚身邊長大，耳濡目染，學得了一手好廚藝，而且他還從烹調中領悟了一套治國之法。

11 有莘王偶然發現伊尹很有才華，非常欣喜，不僅提拔他管理御膳廚房，還讓他做自己子女的老師。

伊尹的傳說

12 當時夏朝的天子「桀」荒淫無道，伊尹曾勸有莘王起兵滅夏，但有莘王與夏桀有血緣關係，所以沒有接受伊尹的建議。

13 有一年，商國的首領成湯去東方巡遊，路過有莘國。伊尹聽說他是一位明君，很想投奔他，卻苦於沒有門路。

14 後來，伊尹聽說有莘王要把女兒嫁給成湯。他很高興，主動請求陪嫁，有莘王爽快地答應了。

15 伊尹跟隨有莘王的女兒到了商國，卻找不到接近成湯的機會。他決定先在廚房裏用心做菜，把自己的手藝全部施展出來。

16 伊尹做的菜肴總是讓成湯讚不絕口。成湯很好奇這些美味的菜肴究竟是出於何人之手，於是下令召見伊尹。

17 宮裏的侍從為伊尹精心裝扮，拿香爐在他身上熏了又熏，然後才帶他去拜見成湯。

18 伊尹抓住這個機會，施展口才，滔滔不絕地從如何烹調山珍海味談到國家大事。

19 成湯對伊尹這個廚子刮目相看，馬上將他提拔為自己的助手。後來，伊尹成功幫助成湯打敗夏桀，建立了商朝。

長壽的彭祖

傳說彭祖憑藉一鍋鮮美的雞湯，獲得了八百歲的壽命。

1 彭祖是顓頊（粵音專沃）的玄孫。據說他的身世悲慘。他還沒有出生，父親就去世了。

2 母親獨自辛苦地撫養他，可是等他長到三歲時，母親也死了，他成了無依無靠的孤兒。

3 這個可憐的孤兒是到處討飯吃長大的。後來，他又遇上了戰亂，只得流落西域，繼續靠乞討為生。

4 一天，他在樹林裏看到一隻野雞。那時候，他已經好幾天沒吃東西了，便躡手躡腳地走過去，一把抓住了那隻野雞。

5 他將野雞用心烹調成一鍋野雞湯。雞湯香味撲鼻，他一邊煮，一邊饞得口水直流。

6 他本想一個人喝掉這鍋雞湯，但思來想去，還是將它恭恭敬敬地獻給了天帝。

7 這鍋雞湯實在是太鮮美了，天帝一口氣將它喝了個精光。他滿意極了，不住地稱讚彭祖的廚藝，還問彭祖想要什麼獎賞。

8 彭祖跪在地上乞求道：「我想活得長久些。」天帝點點頭說：「可以，你回去數數這隻野雞有多少根毛，我就賜你多長的壽命。」

9 彭祖回到家後，細細清點了那些野雞毛，除了清洗野雞時扔掉了部分，剩下的還有八百根，也就是說他可以活八百歲。

10 就這樣，彭祖一直活了好久好久。他的鬚髮長得很長，但沒有一根是白色的，臉色也非常紅潤。

11 他一共娶了四十九個妻子，生了五十四個孩子。妻子和孩子老了之後，都一一離他而去。

12 他們死後陸陸續續到地府向冥王報到，都自稱是彭祖的親屬，但是冥王查不到有關彭祖的記錄。

13 冥王很驚奇，特意向天帝打聽此人。天帝笑着說：「不急不急，這人還不到死的年紀，他八百歲時就會去你那裏報到了。」

14 商王聽說彭祖活了七百多歲，仍舊沒有衰老的跡象。商王十分羨慕，還請他到朝中做官，想以此為契機，打探他長壽的秘密。

15 商王派人再三來請，彭祖推脫不了，只好答應了。但他常常謊稱有病，閒居在家，與同僚也不怎麼來往。

16 後來，商王暗中派宮女去問彭祖長壽的秘密。彭祖向宮女訴說了自己這幾百年來的遭遇，唯獨對自己的長壽秘訣避而不談。

17 宮女不死心，第二天再去拜訪，卻發現彭祖不見了。原來彭祖不堪其擾，不辭而別。

18 又過了七十年，才有人在西部的流沙國見到彭祖。據說他騎着一匹駱駝行走在沙漠之上，神采奕奕，容光煥發。

19 彭祖八百歲時，生命終於走到了盡頭。他臨終前，覺得自己的壽命還不夠長，一直在歎息當初不該丟掉一些野雞毛。

棄嬰后稷

后稷（粵音積）是周民族的祖先，他剛生下時，因為模樣怪異，遭母親拋棄。

1 姜嫄（粵音原）是高辛王的其中一位妃子。相傳，她嫁給高辛王好幾年，都沒有懷上孩子，這讓她憂愁不已。

2 一天，姜嫄閒來無事，與侍女出門散心。沿途風景如畫，姜嫄很快就將所有煩心事拋在腦後。

3 姜嫄路過一個湖泊時，發現湖邊有一串巨大的腳印。她心生好奇，用自己的腳踏在這些腳印之上，想比較一下大小。

4 姜嫄回宮後，感覺身體有些異樣，忙讓御醫為自己看病。御醫為她診斷後，說她已經懷孕，她聽後高興極了。

5 十個月後，姜嫄終於臨盆，但她生下的不是可愛的孩子，而是一個圓圓的肉球。

6 她非常害怕，想起自己懷孕前踩踏過湖邊那些巨大的腳印，心裏便生出了不祥的預感。她命侍女偷偷將這肉球丟到宮外去。

7 侍女用一塊布裹着肉球，捧着它來到了一條小巷中。趁四周無人，她將肉球放在了路的中間。

8 可是來來往往的牛羊、馬車那麼多,見到那個肉球都繞着道走,好像生怕踩到它一樣。

9 大半天過去了,肉球還是在原處。侍女有點不放心,便捧着這個肉球,往人煙稀少的山林走去。

10 正當她想將肉球丟在密林裏時,幾個伐木工人走進山林,熱火朝天地幹起活來。侍女不想讓他們看見,便趕緊離開了。

11 侍女沒了主意,又捧着肉球回到宮中。姜嫄驚叫道:「你怎麼又帶它回來了?快點把它扔到我們發現腳印的那片湖裏!」

12 侍女急匆匆地捧着肉球，來到了姜嫄所説的地方。「永遠待在湖裏吧，你這個怪物！」侍女説着，奮力將肉球投向湖中。

13 肉球還沒落入水中，天上便忽然颳起了狂風，氣溫驟降，湖水一下子結成了冰。肉球在冰面上滾啊滾，裹在它上面的布掉了。

14 侍女冷得直打哆嗦，她驚恐地望着冰面上的肉球，不知如何是好。這時，一隻大鳥悲鳴着朝肉球飛了過去。

15 那隻大鳥落在肉球旁邊，用一隻翅膀蓋住了它，彷彿是怕肉球着涼一般。

16 侍女硬着頭皮上前去察看。大鳥見有人走近，嚇得飛走了。侍女蹲下身去，見肉球像蛋殼一樣裂開了，裏面躺着個小男孩！

17 侍女又驚又喜，小心翼翼地將這個小男孩抱在懷中，急急忙忙地往宮裏趕。

18 姜嫄聽侍女說完整件事情後，懊悔不已。她從侍女懷中接過孩子，在孩子臉上憐愛地親了幾下。

19 這個孩子後來取名為棄。棄就是周民族的祖先，因為他後來在農業方面做出了許多貢獻，子孫們都尊稱他為「后稷」。

望帝化鵑

神話故事

天神杜宇從天而降，成為蜀國的國君，他一輩子為國家嘔心瀝血。

1 遠古時，蜀國第一個稱王的叫蠶叢。他從嫘祖那裏學得養蠶技術，傳授給當地百姓。

2 蠶叢死後，王位相繼傳給了柏灌、魚鳧（粵音扶）。魚鳧晚年得道成仙，於外出打獵時升天。以後，蜀國再沒出現出色的領袖。

3 天帝便派杜宇去治理蜀國。杜宇從天而降，降落到朱提山上。百姓見天降神人，紛紛拜倒在地，擁戴他為王，稱他為「望帝」。

174

④ 望帝在位時，蜀國水災連年不斷。他日夜擔憂，卻一直想不出好辦法來根治水患。

⑤ 一天，望帝帶領民眾治水時，看到一個男子逆着水流漂過來。望帝非常吃驚，忙讓人將那男子救上岸。

⑥ 誰知，那男子剛被打撈上來就一下子醒來了。眾人嚇得魂飛魄散，只有望帝一臉鎮靜，上前去與他攀談。

⑦ 此人叫鱉靈，因失足落水，從楚國漂到了蜀國。他精明強幹，對治水也很有經驗，望帝便拜他為宰相，讓他專門負責治水。

8 鱉靈採用疏通水道的方法來治理洪水，帶領民眾在玉壘山鑿開了一個缺口，讓洪水順暢地流入岷江。

9 洪水退去後，望帝自愧才德不如鱉靈，毫不猶豫地將帝位禪讓給了他，然後自己到深山老林隱居去了。

10 不知過了多少年，望帝老死於山中。他死後化作了一隻杜鵑，每到農忙時節，都會飛到田間地頭鳴叫，提醒人們按時耕種。

11 鱉靈的王位傳到十二世時，蜀國被秦國吞併了。望帝化成的杜鵑，見故國滅亡，晝夜悲鳴，以至嘴裏都吐出了鮮血。

風姑娘

天地是怎樣形成的，風、雲、雨是怎樣來的？哈尼族流傳着這樣一個神話故事……

1 傳説在上古時代，世界處於一片混沌之中，沒有天地之分。有一天，不知從哪裏來了十二個天神，負責創造世間的天和地。

2 其中三個天神造天。他們辛苦了九千九百九十九年，終於將天造好了。他們特意留了一個窟窿來降雨，然後準備離去。

3 人們不解，跪下來求他們將窟窿補好。造天大神才解釋説：「留下這個窟窿才能下雨，灌溉莊稼。」説完，他們就離開了。

4 地是與天同一天開始造的，九個造地大神見那三個伙伴已經走了，也打算離開。人們一看，發現地上還留着個大坑。

5 他們忙向造地天神喊道：「這大坑不打算補上了嗎？」造地天神哈哈大笑道：「那是颶風用的，只有留着，人才能透氣。」

6 就這樣，十二個天神都走了。從此以後，人類就生活在天地之間。有時，大雨會從天上的窟窿降下，滋潤世間萬物。

7 可是，人們一直沒等到颶風。過了些日子，人們覺得越來越悶熱，田地裏那些本來已經長起來的莊稼也死了一大半。

8 後來，有些村子裏還有人悶死了。大家想起造地天神臨走時說的話，決定一起去找地上的那個大坑，看看究竟是怎麼回事。

9 他們帶着乾糧，騎着馬上了路，走了好幾個月，才終於找到那個大坑。可是，他們遠遠看到有個姑娘睡在那個大坑上。

10 那姑娘長得非常美麗。她睡得很香，鼾聲震天動地。只要一走近她，大家就會被她鼻孔呼出的氣息吹得東倒西歪。

11 眾人無可奈何，只得站在遠處，齊聲向那姑娘高聲喊道：「請問你是不是尊貴的風姑娘？」

12 大家一連叫了好幾遍，那美麗的姑娘才揉揉眼睛醒來。她坐起來，伸了個懶腰，頓時就颳起了一陣微風。

13 大家被這陣風吹得舒服極了，高興得又跳又叫：「果然是風姑娘！風姑娘醒了！」從那以後，這世間才終於有了風和雲。

14 風姑娘喜怒無常，高興的時候，吹起微風，送來涼爽，讓人心曠神怡。

15 可她一旦發起脾氣來，也真叫人害怕，牲畜、房屋都能讓她捲上天去。直到今天，人們都還沒有摸透她那古怪的脾氣呢。

洪水滔天

傳說雷公為了報復人類,將天池之水倒向人間。洪水肆虐人間,沒過多久便直逼天庭……

1 有一年,人間的氣候特別乾旱,整整一年都沒下過一滴雨。大地龜裂,草木乾枯,人也快渴死了。

2 布依族的祖先布傑非常着急,直奔天上去找雷公布雷下雨。他走進雷神殿,見雷公正躺在牀上呼呼大睡,不由得無名火起。

3 布傑跑去太上老君的煉丹爐邊,找來一把大火鉗。他用火鉗夾住雷公的腰桿,然後揪着他的耳朵,把他從牀上提起來問罪。

4 為了讓雷公嘗嘗乾旱的滋味，布傑將他從天上抓回家中，關在籠子裏，一滴水也不給他喝。幾天過去，雷公渴得嗓子快冒煙了。

5 過了幾天，布傑要外出打獵。出門前，他囑咐兒子伏哥和女兒義妹好好看着雷公，千萬不要打開籠子，更不要拿水給他喝。

6 布傑一離開，雷公就開始說各種好話來哄騙伏哥和義妹，可這兩個小孩聰明得很，根本就不理他。

7 雷公見這招不見效，便倒在地上，裝出一副痛苦的樣子。伏哥怕雷公會渴死，就拿了刷子，蘸（粵音蔪）了幾滴水灑在雷公嘴裏。

8 雷公只喝了幾滴水，便恢復了精力。他大吼一聲，衝破牢籠，從屋子裏飛了出去。

9 雷公回到天上後，發誓要報復凡人。他用一個長瓢將天池中的水舀出來，不停地往人間倒。霎時，人間下起了瓢潑大雨。

10 人間的旱情一下子得到了緩解。布傑得知雷公逃跑了，本來很擔心，現在見天降大雨，非常欣喜，以為雷公已經痛改前非。

11 沒想到，這場大雨一直下了九天九夜，莊稼、房屋全被大水淹沒了。布傑只好帶領族人不斷往高處跑，躲避洪水。

12 這雨再不停，百姓就要遭殃了。布傑再次上天，找雷公算帳。雷公這會兒還在得意地往人間倒水呢。

13 布傑大怒，又找來大火鉗夾住雷公的腰桿，質問他為何如此歹毒。雷公嚇得把長瓢都扔了，表示今後一定按時布雷下雨。

14 布傑卻再也不相信他的花言巧語了，將火鉗越夾越緊，嚇得雷公失聲尖叫。天帝及眾天神聽到動靜，全趕了過來。

15 天帝乞求道：「雷公死了，今後誰來布雷下雨呢？受苦的還是百姓啊！」聽到天帝這麼說，布傑才鬆開了大火鉗。

16 這時，南天門守將來報：「洪水已淹至南天門！」天帝聽了，忙拿出龍頭拐杖，問誰願意去東邊天腳捅幾個洞，引洪水退去。

17 眾天神面露難色，默不作聲。布傑見狀，主動請纓。他接過龍頭拐杖，就跳入了滔天巨浪中。

18 布傑游到東邊天腳後，用龍頭拐杖使勁地捅啊捅，終於捅出了八十一個大洞。洶湧的洪水就從這些大洞中迅速流走了。

19 不幸的是，布傑在捅洞時，由於用力過猛，一頭插進了一個大石縫裏，再也出不來，最後在東邊天腳就此犧牲了。

救太陽

在侗族（侗，粵音洞）神話中流傳着一個有關太陽的動人故事。

1 天地形成後，太陽就掛在天邊的金鈎上，永遠不會落下。暖和的陽光將大地照得亮堂堂的，到處一片生機勃勃的景象。

2 人間有一個名叫商朱的惡魔，它很怕太陽，一見到陽光，便無法睜眼，渾身疼痛，所以每天只能躲藏在漆黑的地底下。

3 商朱對太陽恨之入骨。它打了一根九百九十九丈長的大鐵棍，趁烏雲快遮住太陽時，舉起大鐵棍對準太陽一棍打了下去。

4 只聽嘭的一聲響，太陽一下子就被打得從金鈎上掉落下來。就在那一瞬間，天地陷入了一片漆黑。

5 太陽掉落下來了，商朱終於沒有了天敵。它猙獰地狂笑着，一路走，一路用它巨大的爪子抓人，送入它的血盆大口中。

6 有一對兄妹「廣」和「悶」，不忍心看到人們被殘害，一心要把太陽找回來，掛到天上去。他們商量後，終於想到了一個好辦法。

7 哥哥廣帶着同村的小伙子，摸黑上山砍回巨大的杉木，用三十三天的時間，造出了一架九百九十九丈長的天梯。

8 妹妹悶帶着村裏的女人們，上山扯回葛麻藤，將其搗爛、理出麻絲，用三十三天的時間將它搓成一條比天梯還長十倍的麻繩。

9 繩子的兩端都繫有一個鈴鐺。廣拿着繩子一頭，爬着天梯上天尋找掛太陽的金鈎；悶則拿着繩子的另一頭，在地上找太陽。

10 兩人約定若找到金鈎和太陽，便以鈴鐺聲為信號。悶踏過一條條河流，翻過一座座高山，終於在茫肯亞山找到了太陽。

11 她用繩子綁住太陽，一邊開心地咯咯笑，一邊搖響鈴鐺告訴哥哥這個好消息。

叮噹

12 沒想到，她的笑聲被商朱聽到了。這個惡魔猛撲上去，一口便把悶吃下了肚子。

13 商朱吃了悶以後，舀來污水朝太陽淋去。嘶的一聲，太陽瞬間冒出陣陣白煙，它的溫度一下子低了，光亮也暗了下去。

14 商朱沒給太陽解開繩子就離開了。它想：就算太陽被重新掛到天上，也無法發出光熱了，就讓那些愚蠢的人白忙一場吧。

15 再說廣，他聽到鈴鐺聲，心中大喜，加快了搜尋金鈎的腳步。他在犬上各個角落不斷摸尋，寒風把他的衣服都吹破了。

16 也不知過了多久，他才終於在天的正中央找到了掛太陽的金鈎。

17 他開心極了，立即用繩套住金鈎，然後帶着繩頭從天梯下來。

18 他一回到地上，眾人就圍上來接住繩頭，一起用力拉動繩子，把太陽拉到天上去。

19 可是，現在的太陽只能發出非常黯淡的光，根本無法照亮大地。廣只得背着鼓風爐和大鐵錘，再次爬天梯來到天上。

20 他把太陽放到爐裏去燒，再將它取出，用大鐵錘將它錘得火星四濺。

21 在這樣的錘煉下，太陽終於又重新發光發熱了。廣將它掛回金鈎上。

22 在太陽的照耀下，大地終於恢復了光亮。地上的人們望着天上的太陽振臂歡呼。

23 而商朱還沒來得及逃回地底下，就被太陽曬得趴在地上。大家見狀，一擁而上，把這個惡魔收拾了。

孩子愛讀的漫畫中國經典

神話故事

作　　者：幼獅文化
繪　　圖：磁力波卡通、魔法師工作室
責任編輯：黃楚雨
美術設計：張思婷
出　　版：園丁文化
　　　　　香港英皇道 499 號北角工業大廈 18 樓
　　　　　電話：(852) 2138 7998
　　　　　傳真：(852) 2597 4003
　　　　　電郵：info@dreamupbooks.com.hk
發　　行：香港聯合書刊物流有限公司
　　　　　香港荃灣德士古道 220-248 號荃灣工業中心 16 樓
　　　　　電話：(852) 2150 2100
　　　　　傳真：(852) 2407 3062
　　　　　電郵：info@suplogistics.com.hk
印　　刷：中華商務彩色印刷有限公司
　　　　　香港新界大埔汀麗路 36 號
版　　次：二〇二三年四月初版
　　　　　二〇二四年四月第二次印刷

ISBN: 978-988-76710-0-8
Traditional Chinese Edition © 2023 Dream Up Books
18/F, North Point Industrial Building, 499 King's Road, Hong Kong
Published in Hong Kong SAR, China
Printed in China